Ursa

Saggi e

FARFALLE IRREQUIETE

storie varie e diverse scritte e raccontate da

GIANNI MORELLI

Società Editrice «Il Ponte Vecchio»

Farfalle irrequiete
di Gianni Morelli

Marzio e Luca Casalini Editori in Cesena
Via Caprera, 32
tel./fax [0547] 333371 – tel. [0547] 609287
e-mail: ilpontevecchio@libero.it
www.ilpontevecchio.com

SOMMARIO

Nascita

I

PER GUIDA, LA PROSTITUTA SACRA

Atto primo

La creazione di Enkidu e l'incontro con la prostituta Shamhat

Gilgames è un re che ha le armi sempre pronte e al suno del suo tamburo fa accorrere i suoi guerrieri. Il padre degli dei ascolta i lamenti delle loro mogli e dei genitori e convoca la dea madre affinché generi una controparte di Gilgames, di modo che il re lasci i guerrieri alle loro famiglie. La dea, preso un grumo di creta, lo pianta nella steppa, generando così un guerriero primitivo: Enkidu, che vive selvaggio come un animale insieme con gli altri animali. Enkidu difende le bestie dai cacciatori e uno di questi, spaventato dalla forza del guerriero primitivo, si reca da Gilgames raccontandogli l'accaduto. Il re gli consegna la prostituta sacra Shamhat suggerendogli un incontro con Enkidu. I due raggiungono i luoghi selvaggi dove vive

Annenberg Learner, ***Enkidu e Shamhat.***

il guerriero primitivo e lo incontrano. Il cacciatore invita Shamhat a denudarsi e ad allargare le gambe. Shamhat si offre ad Enkidu per sei giorni e sette notti, ma al termine degli amplessi accade qualcosa di straordinario. Enkidu non viene più riconosciuto dagli altri animali suoi compagni che ora fuggono da lui. Grazie alla relazione sessuale con Shamhat, ad Enkidu si riduce la forza bestiale man mano che cresce in lui l'intelligenza degli uomini.

Allora Shamhat lo invita ad abbandonare le bestie e a recarsi con lei nella capitale, presentandosi al suo re Gilgames che primeggia nella potenza. Enkidu accetta l'invito della prostituta sacra, convinto di poter sfidare e quindi sconfiggere Gilgames. Infine Shamhat descrive ad Enkidu la forza e la bellezza del re e lo informa che Gilgames sarà avvertito con un sogno del suo arrivo.

Una nuova scoperta archeologica

La nuova scoperta è un piccolo frammento trascurato nell'archivio del museo della Cornell University di New York, identificato da Alexandra Kleinerman e Alhena Gadotti e pubblicato da Andrew George nel 2018. lavorando sul testo, George notò qualcosa di strano. La tavoletta sembrava conservare parti sia della versione Babilonese Antica che della versione Babilonese Standard, in una sequenza tuttavia che non si adattava alla struttura della storia come era stata interpretata fino ad allora. Il frammento proviene dalla scena in cui Shamhat seduce Enkidu e fa sesso con lui per una settimana. Prima del 2018, gli studiosi credevano che la scena fosse una sola e offrisse soltanto resoconti leggermente diversi.

In breve: le scene sono due e non possono essere considerate versioni diverse dello stesso episodio. Il racconto originario comprendeva due episodi molto simili, ma avvenuti uno dopo l'altro. (Sophus Helle)

Atto secondo
Altra maratona di sesso tra Shamhat ed Enkidu

La nuova sequenza funziona così: Shamhat seduce Enkidu, fanno sesso per una settimana e Shamhat invita Enkidu a venire a Uruk. I due parlano poi di Gilgames e dei suoi sogni profetici. Fanno poi sesso per un'altra settimana e Shamhat invita di nuovo Enkidu a Uruk.

Improvvisamente, la maratona amorosa di Shamhat ed Enkidu è raddoppiata. Una scoperta che il «Times» ha pubblicizzato sotto il titolo *Ancient Sex Saga Now Twice As Epic*. In realtà questa scoperta lascia intendere un significato ben più pervasivo. La differenza tra gli episodi può essere giustificata non in virtù di cambiamenti di traduzione, quanto piuttosto dal mutamento psicologico che interviene in Enkidu man mano che si avvicina alla piena umanità.

Gli episodi raccontano due fasi dello stesso arco narrativo, donandoci una sorprendente visione di ciò che significava diventare uomini nel mondo antico. La prima volta che Shamhat invita Enkidu a Uruk, descrive Gilgames come un eroe di grande forza, paragonandolo a un toro selvaggio. Enkidu risponde che verrà a Uruk, ma non per fare amicizia con Gilgames: lo sfiderà e usurperà il suo potere.

Shamhat è costernata ed esorta Enkidu ad abbandonare il suo piano. Descrive poi i piaceri della vita cittadina: musica, feste e belle donne e dopo aver fatto sesso per una seconda settimana, Shamhat invita di nuovo Enkidu a Uruk, ma con un'enfasi diversa.

Questa volta si sofferma non sulla forza del re, ma sulla vita civile di Uruk: «Lì dove gli uomini sono impegnati in mille lavori, anche tu, da vero uomo, troverai un posto adatto».

Shamhat suggerisce ad Enkidu l'opportunità di integrarsi nella società e trovare il suo posto in un tessuto sociale più ampio. Enkidu è d'accordo: «Il consiglio della donna ha trovato casa nel suo cuore».

Il mutamento di Enkidu risulta chiaro tra le due scene. La prima settimana di sesso gli ha donato l'intelletto che lo rende in grado di conversare con Shamhat, ma l'eroe pensa ancora in termini animali: vede Gilgames come un maschio da sfidare. Dopo la seconda settimana è pronto ad accettare una visione diversa della società: la vita sociale non è fatta soltanto di forza bruta e potere, ma anche di doveri e responsabilità comuni.

Sipario

Grazie alla interpretazione del nuovo frammento siamo messi di fronte a un poeta babilonese che riesce a guardare la società attraverso gli occhi ancora animali di Enkidu, come luogo di potere e orgoglio, piuttosto che di abilità e cooperazione.

Il poeta ci propone poi una seconda visione nella quale l'umanità dei babilonesi viene plasmata dentro la società. Essere umani è un affare squisitamente sociale. Ma non di un qualsiasi tipo di società: è la vita sociale delle città che rende "veri uomini".

La cultura babilonese era, di base, una cultura urbana. Città come Uruk, Babilonia o Ur erano gli elementi costitutivi della civiltà e il mondo al di fuori delle mura cittadine era visto come una pericolosa e incolta terra desolata.

Soprattutto ci viene detto che l'umanità è una scala da salire. Dopo una settimana di sesso, Enkidu non è diventato completamente umano: c'è una fase intermedia in cui parla come un umano ma pensa ancora come un animale.

Anche dopo la seconda settimana, deve ancora imparare a mangiare il pane, bere birra e vestirsi. In breve, diventare umano è un processo graduale.

Nel suo secondo invito a Uruk, Shamhat dice: «Ti vedo, Enkidu, sei come un dio, dunque perché stai con gli animali selvaggi?». Gli dei sono rappresentati come l'opposto degli animali, onnipotenti e immortali, mentre gli animali sono ignari e destinati a morire. Essere umani significa essere da qualche parte nel mezzo: non onnipotenti, ma capaci di un lavoro qualificato; non immortali, ma consapevoli della propria mortalità.

In conclusione: il nuovo frammento rivela una visione dell'umanità come processo di maturazione che si sviluppa tra l'animale e il divino. Non si nasce semplicemente umani: essere umani, per gli antichi Babilonesi, significava trovare un posto per sé stessi all'interno di uno spazio più ampio definito dalla società, dagli dei e dal mondo animale.

II
MI CHIAMO EDIPO, NON ADAMO

La scimmia che raccolse il bastone e non lo gettò via ed imparò a servirsene fino a diventare uomo si chiama Edipo e non Adamo. Il primo uomo si chiamò Edipo, perché il mito di Edipo è la figura generatrice più potente in grado di descrivere le dinamiche che governano anche oggi la nostra psiche. La schiuma che ribolliva fin da allora, acre e saporosa, nel caos che stava plasmando l'inizio della razza umana.

Gustave Moreau, ***Edipo e la Sfinge.***

La storia di Edipo, che i sette narratori più importanti del mondo greco scelsero di raccontarci, si è lasciata dietro una scia di questioni avvelenate: assassinio del padre, guerre di generazioni, desideri irrisolti di incesto e grovigli incestuosi sia nei rapporti sia nelle idee, il femminile distopico nella forma di Giocasta, l'Anima come un enigma intellettuale con il corpo di un mostro, e ovunque distruzione – suicidio, pestilenza e sterilità, impiccagioni, accecamenti – una mietitura destinata a passare alle generazioni future.

Edipo e non Adamo. E allora sale la domanda che a qualcuno di noi turba la mente e la coscienza: è dunque questo il futuro già scritto della nostra umanità?

Edipo. Dizionario dei simbol*i di Chevalier-Gheerbrandt*

«Avvertito da un oracolo che suo figlio lo avrebbe ucciso, Laio – padre di Edipo – fece forare le caviglie del bimbo appena nato e le legò ad una correggia: di qui il nome "piede gonfio» (Oidipus). Il servo che doveva esporlo per farlo morire lo consegnò invece ad alcuni stranieri, pastori o re, secondo le leggende, che si presero cura del bambino.

Una volta cresciuto, mentre si recava a Delfo, nel corso di una lite per stabilire a chi toccasse la precedenza in una stretta gola Edipo uccise Laio ignorando che fosse suo padre: si compiva così, a sua insaputa, l'oracolo.

Sulla via di Tebe incontra la Sfinge, un mostro che devastava la regione; l'uccide, è acclamato re e ottiene in moglie Giocasta, la vedova di Laio, sua madre.

In seguito ad oscuri oracoli del vate Tiresia, Edipo scopre l'enormità dei suoi atti (assassino del padre e sposo della madre): Giocasta si da la morte ed Edipo si strappa gli occhi".

Gustave Moreau, Edipo sa rispondere

«Chi, pur avendo una sola voce, si trasforma in quadrupede, bipede e tripede»?

Fra le creature predilette dagli artisti simbolisti c'è la Sfinge. Col tempo, i simbolisti cominciano a presentare la Sfinge nei loro dipinti, perché questa creatura diventa oggetto di studio della simbologia e porta privilegiata d'accesso ai voli dell'idealismo.

Si cercano ovunque vie iniziatiche nuove per la scoperta dei misteri della conoscenza, per la liberazione dai vincoli sociali e culturali imperanti. Ed è proprio a questo che tende il comportamento poetico e visivo simbolista. Se il sogno, come l'esotismo, sono percorsi di fuga, il Simbolismo corrisponde invece a un dietrofront dove nella realtà si vuole ritornare, ma per vie traverse e in direzioni ignote. Il Simbolismo è esoterico sin dalla sua prima dichiarazione.

E allora qual mito più centrale di quello antico di Edipo che entra vittorioso a fare il re nella Tebe di suo padre dopo avere superato l'esame impossibile della Sfinge? La Sfinge detiene il diritto di mangiare chi non sa rispondere ed Edipo sa rispondere.

Ingres realizza la figura dell'eroe Edipo che non si fa porre indovinelli. Interroga la femminilità. Interroga la Sfinge dalla testa seminascosta nell'oscurità, guardando i suoi seni turgidi, mentre nel formidabile dipinto di Gustave Moreau a colpire è l'insistenza sulla misteriosa forza dello sguardo che incatena tra loro Sfinge ed Edipo.

È dentro quella sorta di muto colloquio che si snoda la sfida ineluttabile contro il mistero. Ma fatalmente, proprio da quello sguardo coraggioso e limpido di Edipo verrà versata una nera pioggia una volta che sarà stato svelato il suo destino. In Moreau, Edipo tiene la povera Sfinge addirittura sollevata, e la sfida, lui conquistatore e lei vittima e ciò che appare notevole e innovativo nell'iconografia consiste appunto in quel balzo: l'aggressione di una Sfinge sensuosa e glaciale che fissa ipnoticamente un Edipo impassibile. In questo capolavoro è davvero il mistero che cerca di insinuarsi con femminile dissimulazione quasi a provocare il futuro re tebano violandone il corpo eroico. La vicinanza della Sfinge a Edipo diventa leggibile come un efficace monogramma dei complessi equilibri della coscienza e del desiderio: sembra proprio che il balzo della Sfinge annunci qualche cosa di nuovo anche nell'arte. Il tentativo delle potenze enigmatiche e misteriche di scalfire l'atletico e levigato corpo di Edipo per insinuarvisi, sono un primo avviso di quella fusione frammentaria che il Novecento e le avanguardie ormai alle porte percorreranno lungo l'intero ventaglio della pittura e delle altre arti.

Torna la Sfinge in Francis Bacon che paragona la Scienza alla Sfinge che sottopone enigmi a Epidon – lo Scienziato, il quale, risolvendoli, rimuove ogni ostacolo fra sé e il regno.

Bacon non manca di sottolineare due punti essenziali del mito: anzitutto, che la Sfinge ha ricevuto l'enigma dalle Muse, ed è nel passaggio dalle une all'altra che la sua soluzione si trasforma, da piacevole esercizio dell'intelletto, in un gioco tutt'altro che accademico, anzi doloroso e crudele, gravido di conseguenze per Edipo e per tutti; in secondo luogo che l'enigma proposto a Edipo riguarda la natura dell'uomo.

Gustave Moreau: Edipo alchemico

Nel magnifico dipinto di Gustave Moreau (Parigi, 1826-1898), ritroviamo intatte quelle significative simbologie concernenti l'ambito alchemico. La Sfinge stessa (enigma che cela il mistero dell'Uomo e della sua natura nascosta), metà donna e metà animale, racchiude nella sua simbolica, fasi connesse con l'Opus Magnum o Grande Opera, in cui ciascun elemento allude ad altrettanti fasi dell'Alchimia. Le ali della Sfinge rappresentano l'elemento Aria, il corpo leonino l'elemento Fuoco. La zampa, poggiata in prossimità del fallo, indica tanto la 'castità' iniziatica, quanto lo scettro fecondante (bacchetta magica, uguale a virtus, uguale a forza).

Questo concetto viene consolidato anche dalla lancia (simbolo falloforo) la cui punta indirizzata verso terra, vuol significare la dominazione dell'aspetto terrigeno e materiale nonché lo stato legato alla fase al nero o morte simbolica. L'intera configurazione sottende al raggiungimento di quello stato d'essere conosciuto come Rebis Alchimico o stato androginico, raggiunto dall'Uomo Regale, qui attestato tanto dal diadema posto sul capo della Sfinge, quanto dal mito di Edipo stesso, che sancisce l'unione tra l'Iniziato, la parte femminea che dimora in lui e il congiungimento delle due metà: Sole e Luna. (S.Mayorca)

III
STEFANO PELLONI DETTO IL PASSATORE, MITO DI ROMAGNA

Stefano Pelloni e due della sua banda, Bologna Sala Borse.

L'inizio del mito coincide sempre con la morte dell'eroe e lo eleva a simbolo privilegiato e trascendente della propria comunità. Perché nella morte occorre essere pari a se stessi e Stefano Pelloni, di fronte al numero preponderante degli assalitori, anziché fuggire, aprendosi un varco a schioppettate, come effettivamente riuscì al suo compagno, non solo accettò la sfida, ma, potendo con vantaggio restare nel capanno e sparare dal coperto, preferì uscire esponendosi ai colpi e col nemico in faccia incontrare una morte all'altezza della sua fama.

Fu la mattina del 23 marzo 1851, verso le 10, nel territorio di Russi e precisamente nella possessione denominata Molesa, di proprietà del faentino Carlo Spadini. Qui, in un campo, vi era un capanno o casotto di caccia e il Passatore col fido Giazzolo vi si introdusse. Non è ben chiara la ragione per cui egli si recò in quel posto. Probabilmente Pelloni, che doveva conoscere perfettamente il suo terreno d'azione, vi si era recato per fare una buona dormita mentre l'altro avrebbe vegliato sul suo sonno. Dopo il fatto di Forlimpopoli numerose pattuglie battevano la regione in tutti i sensi e non era prudente cercare asilo nelle solite case.

Di più, egli doveva certo conoscere la cattura di Dumandone avvenuta sei giorni prima e probabilmente non si sentiva tranquillo sulla fede e sulla forza d'animo di quel suo gregario. A fidarsi delle case amiche ci voleva niente a restare in trappola. Meglio tenersi all'aperto. Segni non dubbi denotavano come la rete delle spie, allettate dal miraggio delle forti taglie, si fosse ancora di più stretta intorno ai banditi. La Notificazione dell'11 marzo recava un premio di tremila scudi contro la testa del Passatore. E tremila scudi, allora, erano un patrimonio ingente.

La sera del 22 era successo questo: una spia aveva avvertito in capitano Zambelli che il Passatore sarebbe stato, quel giorno, in casa di un certo Giacomo Strocchi in S.Lorenzo di Lugo. Zambelli vi accorse con una colonna e circondò la casa. Una scarica improvvisa, partita dalle finestre, gli uccise due carabinieri, Scarpa e Benini, mentre i briganti, approfittando del momento, riuscivano a dileguarsi.

Il Pelloni dovette dunque cercare di allontanarsi da Lugo e probabilmente camminò traverso i campi gran parte della notte.

Certo è che, all'alba, Pelloni e Giazzolo si infilarono in quel casotto di caccia ritenendo di non essere stati visti entrare da alcuno. Il rifugio era costruito robustamente e munito di porta con catenaccio interno, si presentava abbastanza sicuro. Inoltre una finestra munita di invetriata e altre fessure nelle pareti permettevano di vigilare intorno.

Invece, un occhio li aveva osservati e notato che erano armati di fucili a due canne: dunque non potevano essere che dei malandrini.

L'uomo, Vincenzo Querzola, detto Bruccione, era un povero diavolo che non avendo di che pagarsi un alloggio viveva rintanato in un torrione del castello di Russi e, sperando in una ricompensa, si recò verso le 9 a denunciare il fatto al Governatore Antonio Felici. Senza indugio, Felici chiamò a sé il brigadiere Achille Battistini e gli ordinò di recarsi sul luogo: dieci uomini ben armati per i due malandrini visti da Bruccione. I soldati papalini ritennero però di non essere in numero sufficiente e fecero correre in paese la voce della spedizione. Quattro sussidiari, ovvero cittadini appartenenti alla gendarmeria volontaria, vennero ad offrirsi e tra essi un certo Apollinare Fantini, uomo animoso, di mestiere sarto.

Ora, in quattordici, potevano andare e alle 10 giunsero sulla posizione.

Il brigadiere Battistini, guidando la colonna, fece una mossa che dovette tranquillizzare i due: passò a trenta metri dal capanno senza neppure guardarlo, proseguendo oltre.

Il Passatore e Giazzolo, che dalla finestra avevano senza dubbio spiate le mosse dei soldati, la ritennero, con tutta probabilità, una delle pattuglie in perlustrazione. Visto che proseguiva, non se ne curarono; forse si misero, entrambi questa volta, a dormire.

Così si perdettero.

Battistini tornò indietro e i due dovettero essere scossi dalle voci dei soldati ormai a pochi passi. Il brigadiere tentava la porta che appariva chiusa. Si avvicinò alla piccola finestra a vetri con l'intenzione di esplorare l'interno. Due colpi lo raggiunsero ferendolo al petto e allo stomaco. Il povero Battistini cadde a terra.

Nella confusione i militi non perdettero la testa: fatta una scarica dei loro fucili contro la porta del capanno, che ne risultò tutta perforata, presero rapidamente posizione e per circondare il capanno e per proteggersi dietro gli alberi. Intanto si intese stridere il catenaccio, la porta si aprì e i due uscirono allo scoperto iniziando il fuoco. Si conobbe subito che uno dei due era il Passatore.

Il Passatore vede il Fantini, che conosceva e gli grida:

«Ah, razza di cane, è un pezzo che ti cercavo!». Lo prende di mira e spara. La palla colpisce il tronco dell'albero dietro cui stava il sussidiario il quale, a sua volta, risponde sparando.

Stefano Pelloni, colpito alla schiena, stramazza. Il compagno, vistolo cadere, benché ferito ad una gamba, si diede alla fuga.

Quello che accadde dopo non è dato sapere con precisione. Stando alla Notificazione di monsignor Bedini, Commissario Pontificio straordinario per le quattro Legazioni, parrebbe che, colpito dal Fantini, il Passatore, nel tentativo disperato di rialzarsi, fosse definitivamente abbattuto dal caporale Calandri che gli sparò un colpo alla nuca.

Indosso al cadavere di Pelloni fu rinvenuta una buona provvista di scudi, una spilla con brillanti, un orologio d'oro a cilindro e alcuni fili di perle.

Il cadavere, caricato su un biroccio disteso sopra una stuoia, venne portato in giro attraverso la Romagna per farlo vedere alle popolazioni.

«Una infinita moltitudine di gente trasse da ogni luogo a vederlo. Lo vide anche la mia nonna materna Oliva che aveva 16 anni e me lo raccontava...» conclude Serantini.

Il 25 marzo, nel carcere dell'Abbadia in Bologna, avvenne il riconoscimento ufficiale da parte della madre e di un fratello i quali, da tempo, erano colà detenuti. Il 26 fu eseguita l'autopsia cadaverica e nella notte stessa il celebre brigante ebbe finalmente sepoltura nel cimitero comanale di Bologna, in un recinto appartato. La ricostruzione, minuta e preziosa, è opera di Francesco Serantini, il suo storico maggiore.

Miseria, ribellismo, romagnolità

Dopo Francesco Serantini, il maggiore nella verità storica, non ci sono colpevolisti o innocentisti che tengano:

effettivamente Stefano Pelloni resta catturato da quella incrollabile ricognizione.

Sia qui permesso sottrarre il Passatore alla indagine avara di emozioni per illuminarlo col mito, che dura finché dura il mondo che l'ha generato e lo racconta come un giovane fra tanti, nato a Boncellino dove «ladri e fagioli crescono in abbondanza», nel ventennio di agonia del potere temporale della Chiesa.

Non sarà neppure necessario condividere lo slancio di Garibaldi per comprendere che Pelloni e Risorgimento hanno più di una chiave che li unisce. Scrive da New York Garibaldi:

«Le notizie del Passatore sono stupende, pare fa prodigi e ha distrutto un corpo di bersaglieri austriaci mandato contro di lui. Noi baccieremo il piede di quel bravo italiano che non paventa, in questi tempi di generale paura, di sfidare i dominatori e insegnare loro che la nostra terra è fatta solo pe' loro cadaveri. Noi ambiamo essere soldati del Passatore, non è vero? Ebben venite! Se prepotenti doveri non ve lo impediscono. Noi guateremo il momento propizio a poter giovare all'infelice patria nostra...».

La prima chiave è senza dubbio la miseria: l'incubo della fame e della sete, le malattie per la sporcizia in cui si era costretti a vivere, col rischio di dover morire lungo un viottolo di campagna perché respinti dagli ospedali, il timore di una aggressione di malandrini o bravacci. La miseria fa capire perché il movimento patriottico – specialmente qui in Romagna – si sia venuto ingrossando di nuove schiere, di senza lavoro, di miserabili e di scontenti. Di tutti coloro che gridano contro gli incettatori e le imposte intollerabili; di quelli che spingono le loro proteste sulle strade della violenza, come di quelli che si limitano a radunarsi sotto i palazzi signorili e le residenze legatizie per chiedere soccorsi e ai quali si risponde con benedizioni o con cariche di truppa.

Il successo porrà fine solo alle benedizioni...

In una memoria presentata all'Accademia Agraria di Pesaro sul finire del 1834 (Stefano Pelloni ha già compiuto i dieci anni) Domenico Antonio Farini, politico e studioso ravennate, ucciso sul portone di casa dai sanfedisti pochi giorni dopo, così descrive la condizione dei contadini romagnoli:

«Conducasi a suo piacimento alle case loro e mi dirà quante volte vi trovi bollire la pentola. E quando si bolle, mi dirà se un pezzo d'osso o di lardo rancido non ne formi, se non tutto, almeno l'ingrediente principale ... E di debiti qual v'è contadino che non sia pieno? Ma come potrebbe contrarne in mezzo a tante strettezze di vitto e di vestito, se veramente la sua condizione non ve lo astringesse?».

Debiti insoluti e galera: il passo è breve e la prigione non pare poi peggiore della vita in libertà, come suggerisce il Vescovo di Terracina: «Il reo condannato al carcere perde la libertà, è vero, ma nel resto, circa l'individuo, forse guadagna. Perché ha un vitto, che sicuramente con tutti i suoi stenti e sudori non poteva avere a casa propria; e di più non sente quotidianamente piangersi attorno i teneri figli che chiedono pane».

La seconda chiave la chiamerei il "ribellismo" di Stefano Pelloni.

Nessuna lettura, per quanto benevola, della documentazione prodotta da Serantini può fare del Passatore qualcosa di diverso da un brigante. Solo che la sua vicenda, pur restando sostanzialmente quella di un ladrone, presenta dei risvolti più appropriati alle gesta di un ribelle; già a partire dal primo scontro con la legge.

Il Corra, ad esempio, pensa a un Pelloni perseguitato da un "poliziotto di anime", Don Morini, parroco di Pieve Cesato, dopo il rifiuto di "Stuvané" alla via del seminario: a Stefano piaceva troppo correre, scalmanarsi, fare a pugni, saltare i fossi... E poi, e poi, c'era anche un'altra ragione: incominciavano a piacergli maledettamente le donne.

Sono queste donne il fulcro su cui fanno leva altri biografi del Passatore: vigeva in quei tempi la legge che imponeva al seduttore di sposare la tradita, o di dotarla, o di andare a finire in prigione. Stefano avrebbe sedotto una donna e forse gli mancarono, più che l'intenzione, i mezzi per adempiere al proprio dovere; fatto sta che, per la querela di Don Morini (sempre lui) fu arrestato e rinchiuso a Bagnacavallo con una condanna a tre anni. Secondo altri la verità si sposta su questi termini: trovandosi il Pelloni ad una festa in Pieve Cesato con altri compagni, venne con questi a diverbio. Ne nacque una rissa e un sasso scagliato con violenza dal Pelloni contro gli avversari andò malauguratamente a colpire una donna incinta, con conseguenze fatali: Pelloni (forse non fu estranea l'ennesima testimonianza di Don Morini) fu arrestato, processato e condannato.

Nessun motivo "politico" dunque. Eppure... non sfuggirà il connotato comune a queste versioni: la partecipazione diretta o indiretta, quale accusatore o quale teste, di un prete, tipico elemento di quell'establishment. In particolare, il soprannome affibbiato a quel Don Morini, "Don Fiumana" (che in dialetto romagnolo vale alluvione, piena del fiume) testimonia di una speciale aggressività, magari non solo contro il peccato, ma anche contro i peccatori.

L'altra versione (quella del Sassi, accolta dallo stesso Serantini) allude chiaramente a un reato colposo, la cui punibilità difficilmente poteva essere accettata da coscienze tanto rozze.

Sembra legittimo riconoscere, dunque, in questo inizio di carriera la reazione di un giovane sconsiderato e riottoso contro un atteggiamento ritenuto persecutorio da parte di un rappresentante del potere, o addirittura contro una condanna che a lui appare ingiusta. La conferma di questo condizionamento psicologico è proprio la smaniosa ricerca di vendetta nei confronti del prete ritenuto da Stefano la causa della sua rovina.

In data 23 dicembre 1850, il «Giornale di Roma» recò tra le corrispondenze ufficiali: Monsignor Michele Morini, cavaliere di onore extra urbem e parroco della Pieve di Cesato, Diocesi di Faenza, passeggiava ieri sulle ore tre e mezzo in una strada campestre presso il villaggio. Gli si avvicinarono due incogniti nei loro mantelli ed aventi in testa cappucci detti all'Alibanda e gli spararono due colpi di pistola, coi quali lo stesero morto a terra. Ancora oggi lungo via Accarisi, una croce di legno indica a chi passa il luogo dove la vendetta fu consumata.

Le imprese più clamorose, cominciate con l'invasione di Bagnara nel febbraio 1849, sono di chiara marca ladronesca. In questa cornice d'odio contro la classe ecclesiastica – che provocò situazioni spiacevolissime a vari rappresentanti del clero – si ritrova una prima costante. Come seconda, la vendetta contro cittadini appartenuti alla Guardia Civica.

«Questo fatto (l'assassinio di Antonio Grilli nel marzo 1851) fu commesso dal Pelloni, da Giacomo Emaldi, da Morini e da me – dirà Farina, il traditore, nella sua deposizione – e il Passatore fu quello che uccise il Grilli perché questo, ai tempi della Civica, aveva perseguitato i ladri e si era trovato all'uccisione di Pierone Giazzolo, anzi posso dire che il Passatore volle andare in quella casa più per commettere la suddetta vendetta, che per rubare».

Tale "predilezione" del Passatore verso gli amici del potere, ecclesiastici, militari, e soprattutto – da autentico rapinatore qual era – grassi borghesi, salvaguardava in una certa misura quelli che da loro erano tenuti lontani. Un Pelloni che toglieva orologi d'oro da panciotti rigonfi e collane e gioielli dalle teste di altere signore dovrà essere sembrato un vendicatore della povera gente.

Da qui quella omertà che garantì la possibilità di agire a largo raggio a tutta la banda durante i suoi "anni ruggenti"; di fronte a taglie sempre più cospicue, l'oro del Passatore pesava di più, nonostante il rischio – fatto realtà dopo ogni invasione a partire da quella di Cotignola – di potersi trovare da un momento all'altro faccia a faccia col plotone di esecuzione.

L'ultima chiave è qualcosa di immateriale, ma potente come il destino e la chiamerò con un nome che non è scritto sui libri: romagnolità.

Anche in chi, come me, in Romagna ci vive da quando è nato, ogni giorno che passa rafforza la convinzione che mai altra gente abbia mostrato ad un tempo diversi volti e contrastanti atteggiamenti dell'animo, come questa romagnola: ostinata, chiusa, selvatica, ma intelligente, entusiasta, ospitale. Sgarbata, violenta, a volte crudele, ma affettuosa, abile, sempre generosa. E tutto questo, il bene e il male, i vizi e le qualità, possiede e manifesta in modo eccessivo, straripante e irrefrenabile.

Tutto qui è "più" che altrove: le albe più luminose, le messi più abbondanti, gli alberi più grossi e gli occhi più neri, le braccia più forti, le donne più belle, gli amori più ardenti. E il sangue più rosso.

Veramente, da parecchio non lo si vede più macchiare i vicoli della città e i viottoli delle campagne: ma un tempo lo si vedeva spesso, quasi ogni giorno. Angherie di oppressori e violenze di sgherri sopportate per secoli, non riuscirono a domare «codesta gente che si crede suddita per metà e per l'altra metà libera«; piuttosto ribelle, mal disposta, pronta ad ogni tenace e riottosa resistenza alle forze dell'ordine. Quelle papaline, come poi quelle nazionali.

Questa avversione sorda assumeva particolari aspetti combinandosi con uno spirito individualista che non tollerava organizzazione né gerarchie; non fu possibile mai il nascere di un moto popolare, di un qualche "vespro": fu invece la vendetta privata, l'affronto personale, il delitto.

In un diario tenuto da uno spassoso sacerdote faentino, Domenico Fossa, si sente, nella laconicità delle annotazioni, questa sorta di callosità di fronte agli avvenimenti: 5 aprile – tempo cattivo, uccisione d'Alboni a Fognano; 12 – tempo mediocre, pioggia, uccisione d'un imolese fuori Porta Ravenna; 15 – gran vento, uccisione dell'ortolano di Pacali, aggressione alla casa Montuschi Paolo; 17 – tempo mediocre, archibugiata a Carlo Grilli; 18 – tempo mediocre, vento, un ammazzato senza testa ritrovato nel fiume di Marzeno con tre archibugiate.

E così ogni giorno e, come si vede, con qualsiasi tempo.

Massimo D'Azeglio, che pronuncia un giudizio severissimo sugli italiani del suo tempo – e un giudizio valido senza residui anche per i romagnoli – anch'egli colpito da questa gente, scriveva al ravennate Alessandro Cappi il 27 marzo 1847: «Se così continuano i romagnoli e certo continueranno, saranno presto alla testa degli italiani...». La profezia e la sua validità andranno molto al di là di quello che era stato il pensiero dello scrittore e politico piemontese. Aldo Spallicci non la prenderà a male se dedicherò l'ultima parte della sua canta più famosa, proprio al Passatore:

A vegh par la mi strè
Incontra a la mi guèra
S'a chesch a chesch in tèra
Zidenti a chi'm tò so

La banda Pelloni schierata in palcoscenico, ovvero l'invasione di Forlimpopoli

Sera di sabato 25 gennaio 1851. Dai colli scendevano sulla pianura folate di vento freddo mentre cadeva, a tratti, una pioggerella sottile. Al suono dell'ora di notte (in inverno, le 20) nella cittadina di Forlimpopoli i custodi delle tre Porte si accinsero, come di consueto, a chiuderle.

Fin dal giorno 22 il Passatore aveva condotta la sua banda giù dalle montagne di Toscana, concentrandola nella casa di Giuseppe Lazzarini, distante circa un miglio da Forlimpopoli. La masnada non era numerosa, erano in quindici, ma, in compenso, c'era il fior fiore della ribalderia e dell'audacia.

Durante i due giorni la Banda preparò con cura il colpo con la cooperazione dei cugini Giuseppe e Luigi Rondoni di Carpinello, i quali la informavano esattamente su quanta e quale forza si trovava nella cittadina. Era stata altresì compilata una lista degli abitanti in fama di danarosi e l'impresa esaminata e studiata nei minimi particolari. La sera del sabato, poco prima che si chiudessero le Porte, Giuseppe Rondoni che era stato tutto il giorno di vedetta in Forlimpopoli, aveva mandato alla casa di Lazzarini, ove la banda si teneva pronta, un ragazzetto con alcuni sigari. Era il segnale che significava come nessuna novità si fosse prodotta nella cittadina, nessun rinforzo pervenuto ai gendarmi.

Sul numero di costoro il Passatore era informato con precisione: egli contava di trovarsi di fronte, tra gendarmi e sussidiari, una dozzina di uomini, numero che non metteva certo un soggezione la Banda. Il caso aiutò poi i banditi perché all'ora di notte una pattuglia di cinque uomini era uscita in perlustrazione.

Poco prima delle otto la banda si presentò di fronte a Porta forlivese e bussò. Giacomo Sanzani, figlio del custode aprì e si trovò circondato da molti armati che gli tolsero la chiave, chiusero la porta e condussero il giovane fino alla piazza dove lo lasciarono libero di andarsene a dormire.

Ed ecco la Banda fare il suo ingresso in Forlimpopoli al passo di marcia. La prima cosa che i briganti fecero, fu di assicurarsi le chiavi delle altre due Porte. Sicuri in tal modo dall'esterno, i malandrini si portarono direttamente in teatro.

A leggere le deposizioni dei numerosi testimoni quando riferiscono sul modo col quale la Banda si presentò agli spettatori, in quella memorabile sera, c'è veramente da dedurre che la paura abbia tolto a molti la percezione esatta dei fatti, il ricordo stesso degli avvenimenti. Certo è – e non riesce difficile immaginarlo – che il terrore degli spettatori, quando ebbero la sensazione di essere bloccati là dentro, in balia di una masnada di briganti, dovette raggiungere tale intensità da far smarrire molte teste.

Tra gli spettatori che conservarono una certa calma che gli permise di ricordare meglio degli altri, figura Nicola Artusi, di anni 50, possidente: «Nel momento di incominciarsi il secondo atto della commedia intesi un certo bisbiglio nel teatro e non sapendo che fosse e credendo anzi che la Forza avesse impegnato baruffa col popolo, mi affacciai al palco per sapere che fosse. In quel momento si alzò il sipario e con mia grande sorpresa vidi, invece degli attori comici, tre o quattro assassini con cinturoni di cuoio e schioppi impostati verso la platea piena di gente, imporre silenzio all'uditorio».

Anche Francesco Bazzoli, detto Checco, di anni 40, negoziante di bestiame, che se ne stava con sua moglie in teatro e più precisamente nel palco situato di fronte alla porta di entrata, descrive così la scena: «Vidi entrare di fuga quattro o cinque persone armate, buttarsi addosso a quei pochi soldati che vi erano, percuoterli e disarmarli. Conobbi da ciò che erano gli assassini e difatti, attraversata la platea, salirono sul palcoscenico fra le strida e il pianto delle donne che erano in teatro.

Alzato il sipario, spianarono gli schioppi verso l'udienza dicendo a tutti di non muoversi».

Le ingiunzioni furono le seguenti: «Fermi tutti, nessuno si muova dal suo posto, nessuno azzardi di uscire, ognuno stia quieto». I banditi erano tutti armati con schioppi a due e qualcuno anche a quattro canne. Vestivano tutti con saccona di velluto, pantaloni di vari colori e molti col panciotto di seta.

Lasciato dunque il resto della Banda a tenere il teatro, in cinque, compreso il Passatore uscirono traendosi dietro i tre gendarmi e bussarono alla porta della caserma. Visitata questa rapidamente e i pochi uomini rinvenuti concentrati nella camera del brigadiere, fecero un fascio delle armi e le gettarono dalla finestra. Un brigante, creduto dai connotati il famoso Passatore levò il berretto dal capo del brigadiere e se lo pose in testa, indi condussero tutta la brigata in teatro per essere tenuta sotto sorveglianza.

Gaetano Zanfilippi di anni 27, donzello del Comune e, a tempo perso, suonatore di tromba, suonava anch'egli quella sera in orchestra, di qui fu prelevato da un bandito, condotto sul palcoscenico e costretto a leggere ad alta voce una carta su cui erano scritti col lapis i nomi dei Signori. Al buon Zanfilippi, in ricompensa della sua prestazione, non tolsero nulla.

I designati, se erano in teatro, venivano prelevati, condotti nelle rispettive case da uno o due briganti i quali, con le buone o con le cattive, si facevano consegnare denari e oggetti preziosi.

Il conte Raffaele Briganti, Governatore della città fu il capro espiatorio sul quale si riversò la violenza, più che altro verbale, dei banditi. «Sei tu il governatore che comanda in questo paese? Questa sera è finita per te, boja fottuto e sangue della merda.. .la tua testa sarà tagliata e posta in mezzo a molte altre sul palcoscenico e così il pubblico vedrà cosa sapremo fare noi e ognuno imparerà a mettere fuori il denaro».

Questa ultima frase rivela abbastanza bene il vero scopo di tutta la sfuriata.

Comunque il Briganti viene prelevato e accompagnato fuori. I malandrini hanno un obiettivo ben precisato ove sperano in un bottino considerevole: il Monte di Pietà. Fu, invece, l'unica impresa che andò loro a vuoto, fermati dalla robusta porta del Monte che resistette ai colpi delle accette.

A casa di Agostino Artusi, possidente e commerciante, in fama di danaroso, all'irrompere dei malandrini il vecchio riuscì a fuggire, mentre le sue tre figlie si dileguarono su per i tetti. Una di esse, Geltrude, per lo spavento provato divenne pazza e morì nel manicomio di Pesaro. A rappresentare la famiglia rimase il figlio Pellegrino, il futuro scrittore del celebre libro sulla cucina, che aveva allora 30 anni e che si comportò con molto coraggio pur non riuscendo ad impedire che i briganti facessero in casa sua un vistoso bottino sia in denaro che in oggetti preziosi.

Si è detto che, in quella memorabile notte, i banditi abusassero di parecchie donne di Forlimpopoli, ma ciò non risponde a verità.

Che il Passatore fosse un brigante cortese, cavalleresco e liberale, non è credibile. Le carte processuali ci rappresentano non poche delle sue azioni tristi e anche turpi.

Egli appare, soprattutto, più che un sensuale, un istintivo e quando nelle imprese gli capita sottomano una donna, egli la prende senza badare per il sottile, se sia bella o se se sia brutta. Sfogata la foia, le altre non gli destano desideri e non lo interessano.

L'unica donna che in Forlimpopoli, quella notte, patì violenza, la subì in circostanze persino banali. Francesco Casella, un faentino che gestiva una locanda in città, venne svegliato da due che picchiavano alla porta. I due in divisa gli ingiungono di aprire la cassa che contiene 300 scudi, ma il bottino non basta. Un terzo malandrino, precisamente il Pelloni, va braccando per le stanze finché entra in un bugigattolo ove dorme la serva dell'oste, una donna di 37 anni, di Faenza. «Costui – così ella depone – entrò nel mio camerotto mentre io ero all'oscuro e io gli chiesi se aveva bisogno di mangiare. Egli riconosciutami per una donna rispose che voleva usare con me e io dissi che la Forza non doveva fare simili porcherie». Basta, a farla corta, andò a finire che la serva dovette adattarsi e lì, al buio, il malandrino la conobbe due volte «contro ogni mia volontà».

E codesta fu l'unica violenza carnale che i malandrini commisero quella notte.

Nel teatro, lo spettacolo doveva essere davvero interessante: sul palcoscenico i comici e le comparse, vestiti in abito eroico, se ne stavano muti e basiti non meno degli avviliti gendarmi che erano guardati a vista da un bandito; il popolo della platea non osava fiatare, i ricchi, nei loro palchetti, se ne stavano rannicchiati e tremanti in attesa di sentir gridare il loro nome dalla lista fatale.

Non c'è scampo per nessuno: i designati sono prelevati senza tanti complimenti, portati a casa, costretti a indicare i ripostigli del denaro e dei preziosi e riportati in teatro. Le operazioni si svolgono con la massima celerità e con un ordine relativo.

In platea, addossato al palcoscenico, un tavolino riceveva le prede. Ivi i malandrini che rientravano in teatro, andavano a scaricare il bottino. Essi erano allegrissimi e quando arrivava qualcuno di loro ben fornito lo complimentavano, scambiandosi motti e arguzie. Evidentemente erano soddisfatti della buona riuscita dell'audace impresa. Taluni bevevano rosolio e liquori trovati Dio sa dove e ogni tanto facevano suonare l'orchestra e ballavano al suono della stessa, dandosi ogni tanto il cambio, mentre gli altri loro compagni andavano.

Giovanni Drudi, Rosa Belluzzi, Giovanni Golfarelli e la

ostessa Virginia Giunchi descrivono in sorprendente sintonia il Passatore.

«Avrà l'età dai 25 a 30 anni, di statura giusta, largo di spalle, pallido in faccia, con pochi peli nei baffi e nella mosca che sono neri. Sotto uno degli occhi, mi pare il destro, ha degli acini di polvere sulfurea internati fra la pelle». ...

«Uno ve n'era di statura mezzana, di faccia molto pallida, con baffi e mosca scura, non molto folta; aveva due occhi neri molto vivaci e sotto uno degli occhi che ora non saprei dire quale aveva una marca rossastra»...

«Di tutti quelli che ho veduto mi è rimasta impressa la fisionomia di uno. Era costui un uomo di circa 30 anni, statura media, molto pallido in viso, con baffi e mosca di pelo poco folto. Aveva, sotto uno degli occhi, non saprei dire quale, una macchia turchina come da polvere». ...

«Mi restò impresso uno di circa 30 anni, di faccia pallida, occhi neri molto vivaci, mosca e baffi neri poco folti e si mostrava il più compassionevole».

Sono più di tre ore e mezzo che il sacco dura e ormai non c'è altro da prendere, visto che la porta del Monte di Pietà si ostina a non cedere.

La Banda si dispone alla partenza. Prima, però, è di rito il galoppo finale e l'orchestra soffia il meglio che può. Terminato il ballo, i banditi, da persone educate, prendono congedo. Arrivederci, gridano, arrivedersi un'altra volta! Fuori piove ed essi prendono le ombrelle degli spettatori.

Queste le ultime battute di quella tragicommedia evocate dal conte Raffaele Briganti: «Partirono alle 11 e tre quarti circa, intimando precisamente a me che avessi ordinato che nessuno ne sortisse prima che fosse decorsa mezz'ora e dicendo, previi i saluti fatti a tutti, addio, addio, ci rivedremo un'altra volta».

Maturità

IV
UNA GRECITA IN MARCIA
L'EPITAFIO DI PERICLE

Forse il testo più importante dell'intera grecità è l'Epitafio di Pericle, scritto dallo storico Tucidide (ca. 460-400 a.C.), tuttora molto noto e anche ripreso, nei loro discorsi, da vari uomini politici moderni (ad es. A. Lincoln e J.F. Kennedy).

Nel 430 a.C. (dopo il primo anno della guerra del Peloponneso, l'epocale conflitto che nell'ultimo trentennio del V secolo vide di fronte Atene e Sparta, e si concluse con la vittoria di quest'ultima), gli Ateniesi, seguendo un rituale consolidato, scelgono un personaggio eminente perché reciti un discorso funebre in onore dei caduti in guerra: la scelta cade su Pericle, colui che indiscutibilmente domina la scena politica.

Il discorso che Tucidide pone sulla bocca dello statista è in qualche misura sorprendente, perché è radicalmente diverso da ciò che la tradizione richiedeva ad orazioni del genere (le altre che ci sono pervenute si dilungano sulla storia mitologica di Atene e sono incentrate su una "banale" esaltazione dei caduti e del loro eroismo). Pericle, cercando di dimostrare che è giusto e bello sacrificare la propria vita per una città come Atene, si sofferma sui tre elementi che stanno alla base della grandezza di questa polis (la disposizione d'animo e l'atteggiamento mentale dei cittadini, i loro concreti modi di agire, la costituzione). Nasce così un'acuta analisi non della democrazia ateniese concretamente realizzata, ma dell'ideale che essa si prefigge e che coinvolge sia la sfera della vita pubblica sia quella privata. Questa rappresentazione è importante perché pone sul tappeto problemi tuttora estremamente attuali:

Pericle, **Museo del Vaticano**

si sostiene, ad esempio, il criterio del merito contro quello della ricchezza o della stirpe e che una vera democrazia deve in realtà essere una meritocrazia (in greco 'aristocrazia'). Si afferma che tutti i cittadini devono partecipare alla vita politica, si prospetta l'importanza della libertà, intesa come apertura di ogni singolo cittadino verso il prossimo e di Atene nei confronti delle altre città, si stabilisce sempre chiaramente la distinzione tra sfera pubblica e sfera privata.

Lo Stato che viene delineato è profondamente, intimamente e unicamente laico, e anche le "leggi non scritte", le norme superiori che ciascuno deve rispettare, al di là di quelle promulgate dai governanti, non vengono dalla divinità, ma sono tali per convenzione umana. Va infine segnalata l'importanza del logos, cioè del dibattito e del confronto, prima dell'azione: la discussione nelle pubbliche assemblee non danneggia la rapidità d'esecuzione, ma, anzi, sensibilizza la coscienza di chi dovrà agire ed è quindi premessa indispensabile all'azione. Un quadro quindi affascinante, anche se difficilmente realizzabile. Un testo destinato a rimanere un classico della concezione "ideale" della politica nel mondo occidentale.

Andrea Camilleri rilegge il discorso di Pericle agli Ateniesi

È stato osservato da alcuni studiosi che si tratta, evidentemente, da parte di Pericle, di una idealizzazione estrema del concetto di democrazia, lontana dall'applicazione reale della politica concreta. Tuttavia, l'appello dello scrittore Camilleri agli studenti liceali, di «costruirvi il futuro, di rifare la politica, perché voi siete giovani e potete permettervelo», è splendidamente sottolineato dall'invito di Pericle alla moralizzazione della politica stessa, per cui «un cittadino ateniese non trascura i pubblici affari quando attende alle proprie faccende private, ma soprattutto non si occupa dei pubblici affari per risolvere le sue questioni private».

Di particolare interesse e modernità anche la riflessione finale di Pericle che parlando di Atene, che in quel momento storico esercita un'egemonia incontrastata nel mondo greco e non solo, ricorda che «la nostra città è aperta al mondo e noi non cacciamo mai uno straniero», a differenza invece invece di quanti oggi, tanti, troppi, anche tra i cattolici, auspicano nei confronti delle nuove migrazioni, in aperto contrasto con la lettera del Vangelo.

Pericle, discorso agli Ateniesi, 431 a.C.

Qui ad Atene noi facciamo così.

Qui il nostro governo favorisce i molti invece dei pochi: e per questo viene chiamato democrazia.

Qui ad Atene noi facciamo così.

Le leggi qui assicurano una giustizia eguale per tutti nelle loro dispute private, ma noi non ignoriamo mai i meriti dell' eccellenza. Quando un cittadino si distingue, allora esso sarà, a preferenza di altri, chiamato a servire lo Stato, ma non come un atto di privilegio, come una ricompensa al merito, e la povertà non costituisce un impedimento.

Qui ad Atene noi facciamo così.

La libertà di cui godiamo si estende anche alla vita quotidiana; noi non siamo sospettosi l' uno dell' altro e non infastidiamo mai il nostro prossimo se al nostro prossimo piace vivere a modo suo. Noi siamo liberi, liberi di vivere proprio come ci piace e tuttavia siamo sempre pronti a fronteggiare qualsiasi pericolo. Un cittadino ateniese non trascura i pubblici affari quando attende alle proprie faccende private, ma soprattutto non si occupa dei pubblici affari per risolvere le sue questioni private.

Qui ad Atene noi facciamo così.

Ci è stato insegnato di rispettare i magistrati, e ci

è stato insegnato anche di rispettare le leggi e di non dimenticare mai che dobbiamo proteggere coloro che ricevono offesa. E ci è stato anche insegnato di rispettare quelle leggi non scritte che risiedono nell' universale sentimento di ciò che è giusto e di ciò che è buon senso.

Qui ad Atene noi facciamo così.

Un uomo che non si interessa allo Stato noi non lo consideriamo innocuo, ma inutile; e benché in pochi siano in grado di dare vita ad una politica, beh tutti qui ad Atene siamo in grado di giudicarla. Noi non consideriamo la discussione come un ostacolo sulla via della democrazia. Noi crediamo che la felicità sia il frutto della libertà, ma la libertà sia solo il frutto del valore. Insomma, io proclamo che Atene è la scuola dell' Ellade e che ogni ateniese cresce sviluppando in sé una felice versalità, la fiducia in se stesso, la prontezza a fronteggiare qualsiasi situazione ed è per questo che la nostra città è aperta al mondo e noi non cacciamo mai uno straniero.

Qui ad Atene noi facciamo così.

Luciano Canfora rilegge il discorso di Pericle agli Ateniesi

Il brano è tratto dal discorso di Pericle in commemorazione dei caduti del primo anno di guerra (431 a.C.), riportato (o ricostruito) da Tucidide nel libro II delle sue Storie. Vi troviamo un celeberrimo elogio della città che esercita un'egemonia ormai incontrastata nel mondo greco, inteso per lo più in senso letterale: a dimostrazione del fatto che Tucidide aveva ben ragione quando profetizzava che sarebbe stato incompreso dai più, e forse più ancora dagli "addetti ai lavori" che dai lettori profani. Eppure basterebbe, per comprenderne l'intenzione ironica, la semplice constatazione del fatto che Tucidide non simpatizzava per la parte democratica e prese parte, nel 411, al colpo di Stato dei Quattrocento. Basterebbe rileggere la sua definizionedella democrazia periclea («democrazia solo a parole, ma di fatto una forma di principato») e confrontarla con l'analoga definizione che, altrettanto ironicamente, ne darà Platone nel Menèsseno per bocca di Aspasia («la chiamano democrazia, ma in realtà è un'aristocrazia con l'appoggio delle masse»). Luciano Canfora, nell'esordio del risolutivo saggio Il mondo di Atene (Laterza 2011), ha chiarito una volta per tutte che il cosiddetto epitafio di Pericle tradisce in realtà una cupa ironia e una neppure troppo recondita critica della retorica democratica e di quella «violenza imperiale esercitata dagli Ateniesi ovunque nella terra» attraverso la demagogia, che certo il primo accurato studioso delle convulsioni della politica non avrebbe mai menzionato come lode.

Il rasoio di Canfora. – La tesi di Canfora è che, sin dalla Grecia antica, i concetti di democrazia e libertà si siano trovati in conflitto. Ciò è ancor più vero, a suo avviso, nel mondo attuale, in cui al trionfo della libertà individuale corrisponderebbe un grave deperimento dei principi democratici. Democrazia era il termine con cui gli avversari del governo "popolare" definivano tale governo, intendendo metterne in luce proprio il carattere violento (kràtos indica per l'appunto la forza nel suo violento esplicarsi). Per gli avversari del sistema politico ruotante intorno all'assemblea popolare, democrazia era dunque un sistema liberticida. Ecco perché Pericle, nel discorso ufficiale e solenne che Tucidide gli attribuisce, ridimensiona la portata del termine, ne prende le distanze, ben sapendo peraltro che non è parola gradita alla parte popolare, la quale usa senz'altro popolo (dèmos) per indicare il sistema in cui si riconosce. Prende le distanze, il Pericle tucidideo, e dice: si usa democrazia per definire il nostro sistema politico semplicemente perché siamo soliti far capo al criterio della "maggioranza", nondimeno da noi c'è libertà.[...] Quella che alla fine – o meglio allo stato attuale delle cose – ha avuto la meglio è la "libertà". Essa sta sconfiggendo la democrazia. La libertà beninteso non di tutti, ma quella di coloro che, nella gara, riescono più "forti" (nazioni, regioni, individui): la libertà rivendicata da Benjamin Constant con il significativo apologo della «ricchezza» che è «più forte dei governi»; o forse anche quella per la quale ritengono di battersi gli adepti dell'associazione neonazista newyorkese dei "Cavalieri della libertà". Né potrebbe essere altrimenti, perché la libertà ha questo di inquietante, che o è totale – in tutti i campi, ivi compreso quello della condotta individuale – o non è; ed ogni vincolo in favore dei meno "forti" sarebbe appunto, limitazione della libertà degli altri.

È dunque in questo senso rispondente al vero la diagnosi leopardiana sul nesso indissolubile, ineludibile, tra libertà e schiavitù. Leopardi crede di ricavare questa sua intuizione dagli scritti di Linguet e di Rousseau: ma è in realtà quello un esito, un apice della sua filosofia. Linguet e Rousseau dicono meno. È un punto d'approdo, inverato compiutamente soltanto nel nostro presente, dopo il fallimento delle linee d'azione e degli esperimenti originati da Marx. La schiavitù è, beninteso, geograficamente distribuita, sapientemente dispersa e mediaticamente occultata.

V

FRANCESCO, CHE ASCOLTA LA BELLEZZA

Per molti Francesco d'Assisi è, dopo Gesù, il massimo eroe religioso del cristianesimo. Di lui, ancora in vita, venne creata una formula identitaria semplicemente sconvolgente: "Alter Christus", il secondo Cristo con nessun altro dopo.

In verità, come suggerisce bene Roberto Barbanti, non esiste alcun mistero Francesco, ma al contrario un esempio limpido, misurabile, palese e disvelato di colui che ha incarnato l'archetipo della fratellanza universale.

San Francesco, **Assisionline.it**

Bellezza e mondo

Nei pochi testi che gli sono riconosciuti come propri, Francesco non parla quasi mai della Bellezza: solo nelle Lodi al Dio Altissimo ripete due volte: Tu sei Bellezza, Tu sei Bellezza e nel Cantico delle creature nel lodare il sole, le stelle e il fuoco dice che sono belli. «Alla sola Bellezza – aveva detto Platone – tra tutte le sostanze perfette toccò il privilegio d'essere la più evidente e la più amabile. Perciò nella Bellezza e nell'amore che essa suscita, l'uomo trova il punto di partenza per il ricordo e la contemplazione delle sostanze ideali».

Francesco vive più di mille anni dopo di Platone e lui non è un filosofo, ma un santo. Ha in mente Cristo che ha scelto questo mondo per vivere la sua missione e con la forza del suo istinto religioso dichiara che la Bellezza è un attributo di Dio ed anche degli elementi e delle creature da Lui creati. Dunque, con una pienezza mai udita prima, in Francesco appare la inscindibilità di Bellezza e Mondo nella loro identità essenziale.

Il pensiero medievale, tutto concentrato sulla teologia della incarnazione di Dio estenderà la Bellezza anche agli esseri ogni cosa diventerà bella in quanto rappresentazione e manifestazione della potenza creativa di Dio: di Dio ne sarà immagine riflessa e gloria.

Le fondamenta della creazione

Francesco ha scavato in profondità facendo emergere la creazione stessa nelle sue proprie fondamenta: egli si rivolge e parla al mondo direttamente, senza mediazioni, contemplandolo amorevolmente e lodandolo per ciò che è nella sua sensualità immediata e in un rapporto estetico senza interposizioni. Dentro questa dinamica il mondo si affaccia alla nostra coscienza sottratto all'anonimato, presente nella sua autonomia ed identità essenziale.

Allo stesso tempo Francesco ci mostra la relazione reciproca che ci unisce al mondo: ci fa comprendere cos'è quel nesso inscindibile al quale non possiamo sottrarci mai.

Francesco ci porta ad una relazione d'amore e di rispetto con gli altri viventi, non basata sulla paura o l'utilità; bensì sulla coscienza di un inevitabile legame di continuità e dunque di fratellanza con tutto ciò che dell'universo è parte.

> «Se vedeva distese di fiori, si fermava a predicare loro e li invitava a lodare e amare Iddio, come esseri dotati di ragione. Allo stesso modo le messi, le vigne, le pietre e le selve e le belle campagne, le acque correnti e i giardini verdeggianti, la terra e il fuoco, l'aria e il vento con semplicità e purità di cuore invitava ad amare e a lodare il Signore. E finalmente chiamava tutte le creature col nome di fratello e di sorella intuendone i segreti in modo mirabile e noto a nessun altro, perché aveva conquistato la libertà della gloria riservata ai figli di Dio. Ed ora in cielo ti loda con gli angeli, o Signore, colui che sulla terra ti predicava degno di infinito amore a tutte le creature» *(Tommaso da Celano).*

In una favola antica il grande tema della fratellanza universale

Esiste una favola antica, la numero 220 di una antologia compilata da Caio Giulio Igino, che fu liberto dell'imperatore Augusto e suo bibliotecario e che ha per titolo La Cura.

Vi riassumo ora la favola in modo integrale.

La Cura, mentre stava attraversando un fiume, scorse del fango cretoso: pensierosa, ne raccolse un po' e incominciò a dargli forma. Mentre è intenta a stabilire cosa ne è venuto fuori, interviene Giove. La Cura lo prega di infondere lo spirito a ciò che essa aveva appena fatto. Giove acconsente volentieri. Ma quando la Cura pretese di imporre il proprio nome al manufatto, Giove glielo proibì e volle che fosse imposto il proprio nome. Mentre la Cura e Giove disputavano sul nome, intervenne la Terra reclamando a sua volta che fosse imposto il proprio nome, perché Lei aveva fornito una parte del suo corpo. I disputanti elessero Saturno a giudice, che comunicò ai contendenti la seguente giusta decisione: «Tu, Giove, che hai dato lo spirito, al momento della morte riceverai lo spirito. Tu, Terra, che hai dato il corpo, riceverai il corpo. Ma poiché fu la Cura che per prima diede forma a questo essere, fin che vive sia la Cura a possederlo. Per quanto concerne le controversie sul nome, si chiami homo perché è fatto di humus (terra)».

Non è difficile riscontrare le analogie con il racconto biblico di Genesi 2, in cui l'uomo viene pure detto essere formato dalla terra e dal soffio divino. Nella favola di Igino però si dice qualcosa in più: si dice che questo essere, composto da due elementi discordanti tra loro, non sia riconducibile né all'elemento terra, né allo spirito. L'uomo va ricondotto alle mani di chi l'ha formato, al misterioso personaggio chiamato "Cura" ovvero, fuor di metafora, al legame che nasce dall'incontro di due elementi discordi tra loro. Ne vien fuori che l'essenza umana è fondata sulla relazione: che il nucleo più intimo di noi stessi è definibile come cura, sollecitudine, rapporti amorevoli. In buona sostanza, che il "legame-relazione" è la legge costitutiva della vita.

Cura è potenza

L'espressione "Cura" non ha nulla a che fare con l'affanno e la tristezza. Cura è la potenza che ci solleva dalla dimensione fisiologica nella quale siamo rinchiusi e ci consente di realizzarci come persone. Essa agisce in noi fin da quando siamo venuti al mondo, nelle nostre fasi di crescita, dal livello vegetale, nel ventre di nostra madre, a quello animale, poi a quello razionale e in fine a quello spirituale.

La sua azione non si interrompe mai e perciò rende possibile prolungare anche nell'età adulte, leggerezza e gaiezza, che sono proprie dei bambini.

La scienza ci insegna – sono parole di Max Planck, uno dei padri della fisica quantistica – che le cose che vediamo intorno a noi, siano esse mobili come gli esseri viventi o immobile come gli oggetti inanimati, risultano consistere solo in quanto associazione di elementi. La materia in sé non esiste; se però viene all'esistenza come di fatto accade, è perché essa è il risultato di un legame che la tiene insieme, perché viene legata. Dice testualmente Planck: «In quanto fisico che ha dedicato tutta la sua vita alla scienza più sobria, allo studio della materia, sono sicuramente libero dal sospetto di essere un sognatore. E così, a seguito delle mie ricerche sull'atomo, vi dico: la materia in sé non esiste. Ogni materia nasce e consiste mediante una forza, quella che porta le particelle atomiche a vibrare e che tiene insieme come il più minuscolo sistema solare. Dal momento però che in tutto il mondo fisico non esiste né una forza intelligente, né una forza eterna, noi dobbiamo assumere dietro questa forza uno spirito cosciente intelligente. Questo spirito è il fondamento di tutte le cose materiali».

L'agire e non il fare

Francesco amava l'agire e non il fare. Chi conosce un po' la vita di quest'uomo non può non ricordare le sue "azioni", perché è un tratto tipico che gli è proprio quello di esprimere le sue convinzioni spirituali e teologiche tramite un agire propriamente estetico. Francesco realizzava veri e propri "eventi" che mettevano in gioco il concetto di energia, di corporalità, di dinamica collettiva.

Chi non ricorda quella straordinaria messa in scena di massa, raccontata da Celano, che fu il primo presepe della storia, realizzato la notte di Natale del 1223 con tutta la popolazione di Greccio, nella valle di Rieti, a incarnare la natività: primo e probante esempio di un vero e proprio quadro vivente, al quale attingeranno i primi artisti della modernità sul finire del secolo?

Invaso dalla musica divina

Con questo termine oggi intendiamo un sentimento intenso di gioia e ammirazione, con un significato esclusivamente psicologico. In origine, però, il termine "entusiasmo" fu coniato per dire qualcosa di più profondo: definiva un particolare stato dell'essere, anteriore alla psiche, da cui la psiche stessa veniva trasformata e in cui essa giungeva ad essere trasformata.

Tale trasformazione poteva avvenire perché la psiche era "entrata" (in senso attivo) o era stata "visitata" (in senso passivo) da quella particolare e superiore dimensione cui i greci si riferivano in termini di "divino".

Entusiasmo, come aggettivo significa "ispirato, pieno di ardore" e come sostantivo "ispirazione". Entusiasmo propriamente indica l'essere invaso da una forza o da una musica divina.

Ho scoperto di recente un testo di Filone di Alessandria, coetaneo di Igino il bibliotecario, che ci dice qualcosa di più al riguardo della "musica divina".

Egli cantava un vecchio racconto, immaginato da alcuni saggi e trasmesso alla memoria, come altri, di generazione in generazione. Era questo: quando il Creatore ebbe compiuto il mondo intero, domandò a uno dei profeti se, tra tutte le cose che erano nate sulla terra, ve ne fosse una che egli desiderasse non fosse mai esistita. L'altro rispose che tutte erano assolutamente perfette e complete, solo ne mancava una, "la parola di lode".

Il Padre del Tutto ascoltò questi discorsi, li approvò e generò subito la stirpe delle Muse cantatrici piene di armonia, nate da una delle potenze che lo attorniava, la vergine Memoria che, alterando il suo nome, il volgo chiama Mnemosyne.

Francesco, il giullare di Dio, che nella sua disarmante semplicità seppe sconvolgere gli equilibri di una intera epoca, era invaso dalla musica divina e la lodava cantandola alla maniera di Mnemosyne.

C'è ancora spazio per Francesco?

L'arte ascolta sempre le voci del mondo: essa viene prima di ogni altra via di comprensione del mondo. Se oggi l'arte ci restituisce immagini frammentate, confuse e violente non è per responsabilità dell'artista. Il fatto è che l'arte registra che veramente è il dolore la cifra del mondo. Non ci sono dubbi che oggi si rifugge dalla realtà, che le menti sono dominate dalla fiction che per definizione è finzione. Al contrario della tradizione classica e rinascimentale, l'arte nelle sue molteplici espressioni è diventata perlopiù evasione dalla realtà, dall'oggettività naturale e sociale, una fuga arrabbiata, risentita, cattiva. La modernità non ha avuto torto a distruggere l'idea di una armonia prestabilita, di un universo come un giardino ordinato dove ogni dettaglio è curato e voluto. Non c'è nessuna armonia prestabilita che cala dall'alto; al contempo però si deve affermare che il processo cosmico mostra una salita dal basso verso l'alto, una crescente tendenza all'organizzazione.

Sale faticosamente dal basso e per questo produce anche tragedie ingiustificabili, ma che comunque sale, produce in chi lo percepisce quel sentimento variegato e profondissimo che è la sorgente della creatività artistica, etica e spirituale.

La lezione di Francesco diventa oggi una provocazione e tuttavia resta sempre la stessa: lui avvertiva la bellezza proprio come un cieco sente il calore del sole senza poterlo vedere.

Ciò che gli artisti devono continuare a fare è andare oltre il dolore del mondo: ri-apprendere ad ascoltare la bellezza del mondo, con la stessa intensità di Francesco e in questo modo ci aiuteranno a farcelo di nuovo intendere.

VI
BEETHOVEN E KLIMT

«Questo bacio al mondo intero»

«Questo bacio al mondo intero» è l'espressione finale usata da Klimt nel catalogo di presentazione della mostra dedicata a Beethoven nel Padiglione della Secessione. Siamo nell'anno 1902, ma il racconto di quel bacio inizia da molto lontano...

Non sono tanti coloro che hanno affrontato un viaggio tremendo come quello di Ulisse nel suo ritorno in patria.

Più che dalla spada, a Troia, in maggioranza furono uccisi da mostri e sortilegi e ripicche degli dei; e solo tre, imprigionati dal canto delle Sirene, sono rimasti vivi. Quei tre sono Ulisse, Beethoven e Klimt.

Klimt, Padiglione della Secessione 1902 1) "anelito alla felicità"

Di Beethoven, nell'impossibilità dell'ascolto in questa sede, allegherò in coda una breve nota-guida che traccia un profilo secco e "musicologico" del capolavoro sinfonico.

Di Klimt vi parlerò io e per prima cosa voglio leggervi un passaggio di quel fatale canto delle Sirene con le parole che escono dalle labbra della maga Circe, il giorno del distacco da Ulisse, il suo amatissimo amante:

«*... Capirai che sei vicino alle Sirene quando vedrai spianarsi il mare e cadere ogni soffio di vento. È la loro magia.*

D'improvviso la nave si fermerà immobile. Ci sarà un grande silenzio, non udrete neppure uno stridio di gabbiano. Un silenzio assoluto, terribile.

In lontananza vedrai due scogli distinguerai forme che si muovono.

Sulla distesa del mare comincerà ad allargarsi una voce, come qualcosa che galleggia sopra l'acqua, una voce come non hai mai sentito in vita tua, Ulisse.

Una voce che sembra fatta anch'essa di acqua e arriva a ondate. Prima suoni lontani, poi sempre più forti e incominceranno a sentirsi parole e un canto. Questo canto ti arriverà sino all'anima e diventerà luce, colore, ti parrà di vedere cose che non esistono ancora o che non esistono più. Conoscerai quello che non hai mai saputo di te stesso. Eppure sono mostri. Nessuno sa cantare così; e quello non è solo un canto, ma un canto che strega, un canto magico come quelli che conosco io.

Tu allora, prima che quel suono diventi voce, fai quello che ti ho detto di fare...».

I nostri tre eroi, sconvolti da quel canto, ma protetti dall'avvertimento di Circe ne escono ancora più forti, perché ciò che non uccide li rinvigorisce e allora accelerano il passo della loro vita: nulla potrà più fermarli fino al compimento del loro destino.

Ulisse conta le ore che lo separano da casa e sogna di giacere con Penelope nel suo grande letto scavato nell'ulivo, ad Itaca.

Beethoven crea un immenso percorso sonoro che va dal buio alla luce: il passaggio da una condizione di angoscia e frenesia, fino ad arrivare, grazie alla speranza e alla dolcezza, lui pure, alla gioia.

Klimt che scavalca il muro di cinta dell'arte accademica e abbatte senza mezzi termini i confini tradizionali tra le arti.

Klimt che fonda l'arte totale e uno stile nuovo, animatore di ogni frammento della creazione artistica.

Il senso della vita per Klimt

È tra la fine dell'Ottocento e il primo decennio del Novecento che il pittore indaga, attraverso la sua arte, sul senso della vita. Klimt diceva della sua arte e di sé:

«So dipingere e disegnare. Lo penso io e lo dicono anche gli altri, ma non sono sicuro che sia vero. Di sicuro so soltanto due cose:

1. Non ho mai dipinto un autoritratto. La mia persona come soggetto di un quadro non mi interessa. Mi interessano gli altri, soprattutto le donne e più ancora le altre forme. Credo che in me non ci sia niente di particolare da vedere. Sono un pittore che dipinge tutti i giorni, dalla mattina alla sera: figure, paesaggi e, più raramente, ritratti.

2. Non valgo molto con le parole, non sono capace di parlare e di scrivere, soprattutto se devo dire qualcosa di me o del mio lavoro. Bisognerà dunque rinunciare a un mio autoritratto, artistico o letterario. Non sarà una grande perdita: chi vuole sapere qualcosa di me come artista (che è l'unica cosa che valga la pena di conoscere) deve guardare direttamente i miei quadri. Solo così potrà capire chi sono e cosa voglio».

Un lavoro da Titani

Per la generazione di Klimt e per gli artisti Secessionisti che amavano l'utopia, solo l'arte aveva un potere salvifico.

Sospinti dal magistero di Klimt essi ambivano alla creazione dell'opera d'arte "totale", dove non vi era più distinzione tra le varie arti, dove tutte potessero dialogare alla pari.

Nasce così l'idea, nel 1902, di creare una esposizione dove musica, pittura e scultura potessero esprimersi in un unico evento: la XIV Esposizione dei Secessionisti viennesi a celebrazione del grande compositore Beethoven, incarnazione di quel genio che attraverso la sua opera, esprime l'esaltazione dell'amore come mezzo per redimere l'umanità.

L'esperienza che si presentava al fruitore era magica: la fusione in una unica sfera sensoriale delle percezioni che i singoli sensi registravano. Non appena varcata la soglia del Palazzo della Secessione, candido tempio di quell'arte, si poteva godere delle immortali note dell'Inno alla Gioia di Beethoven dirette da Gustav Mahler, mentre fin dall'entrata si scorgeva la statua dedicata da Max Klinger al genio musicale. Il fregio di Klimt è un murale lungo 24 metri e, come suggerisce il titolo, trae il suo tema principale dalla Nona Sinfonia di Ludwig van Beethoven.

Solo un anno dopo, però, conclusa una successiva esposizione proprio dedicata a Gustav Klimt, il fregio venne smontato.

Divisa in numerose parti, sette per la precisione, e passata di mano in mano, l'opera fu vittima della repressione nazista. Nel 1973 venne comprata dal Governo austriaco e ricollocata nel luogo per cui era stata progettata e dove oggi si trova.

Ma cosa racconta, ancoa oggi, questa supenda e immenza opera?

Il fregio di Klimt mostra un fiero cavaliere che grazie alla Poesia guida l'umanità verso il superamento del dolore della vita e raggiunge la felicità nell'abbraccio amoroso.

L'opera prende spunto dal coro finale della Nona Sinfonia ed è diviso su tre pareti che da sinistra a destra illustrano i tre episodi della narrazione: "l'anelito alla felicità", "le forze ostili", "l'inno alla gioia".

Tre porzioni di un'unica storia d'amore: quella del Cavaliere-Artista, dall'armatura dorata, che deve raggiungere la sua amata.

Ma può raggiungerla solo affrontando Sirene e Gorgoni, fiumi di uomini e teschi fluttuanti, e soprattutto Tifeo, uno scimmione con ali e coda da serpente, pronto a difendere, metaforicamente, la materialità della vita.

Il Cavaliere arriverà all'amata privo di armatura, nudo, per affondare nell'abbraccio dominante della Poesia.

L'albero della Poesia è di aspetto uterino, una campana protettiva che contiene l'unione fallica dei due amanti, perfetta fusione dell'elemento maschile con quello femminile.

Il fregio: analisi del dipinto

È lo stesso Klimt a descrivere la sua opera nel catalogo della prima esposizione del 1902.

«Prima parete lunga di fronte all'ingresso: «l'anelito alla felicità". Le sofferenze del debole genere umano: le suppliche costituiscono la forza esterna; la compassione e l'ambizione la forza interna, che muovono l'uomo forte e ben armato alla lotta per la felicità».

Parete più corta: «le forze ostili", il gigante Tifeo, contro il quale perfino gli dei combatterono inutilmente; le sue figlie, le tre Gorgoni: la malattia, la follia, la morte. E ancora la volontà e la lussuria, l'eccesso, l'angoscia che rode. In alto le affezioni e i desideri degli uomini che volano via».

Seconda parete lunga: «l'anelito alla felicità si placa nella Poesia. Le Arti ci conducono nel regno ideale dove possiamo trovare la pace assoluta, la felicità assoluta, l'amore assoluto. Coro degli angeli del Paradiso. Gioia, meravigliosa scintilla divina».

Percorriamo ora visivamente i brani degli episodi che Klimt ha poco sopra enunciato nel catalogo.

L'anelito alla felicità. – Troviamo sulla parete sinistra "l'anelito alla felicità", che perde la originaria collocazione frontale.

È rappresentato dalla catena di figure flessuose e fluttuanti che si muovono nello spazio seguendo un andamento ritmico. Esse sono protese verso l'infinito ed interrotte dalla figura del Cavaliere eroe con addosso l'armatura dorata. È emerso da alcuni studi che si tratterebbe di un ritratto di Gustav Mahler, appoggiato alla sua spada, in ascolto delle preghiere e delle invocazioni dell'umanità dolente che, nuda e in ginocchio, rivolge a lui affinché intraprenda la lotta per la conquista della felicità assoluta.

Alle sue spalle compaiono le due allegorie della Compassione e della Ambizione. La Compassione è raffigurata con il capo chino inclinato e le mani raccolte, mentre l'Ambizione, dallo sguardo sereno nel volto frontale delle antiche divinità greche, promette la corona d'alloro al vincitore.

L'ostilità delle forze avverse

L'ostilità delle forze avverse si trova invece nella parete centrale e viene impersonata dal gigante Tifeo dal manto arruffato, ibrida bestia dalle sembianze scimmiesche con ali blu e corpo serpentino. Ha lo sguardo rivolto ai visitatori, gli occhi madreperlacei, simbolo della ottusità materialistica. È attorniato sul lato destro della composizione dalle figure viziose della lussuria, dell'impudicizia e dell'incontinenza, riconoscibile, quest'ultima, dal grosso ventre spor-

Klimt, *L'ostilità delle forze avverse.*

gente. Sempre a destra, ma più isolata, è rappresentata la smilza figura, rannicchiata, dell'angoscia che si rode le membra.

Sulla sinistra della composizione, le tre figlie del gigante, le Gorgoni (le terribili, etimologicamente). Esse sono nude e ornate di gioielli e serpenti.

Le Gorgoni raffigurano esseri vampireschi, simbolo della malattia, della pazzia e della morte.

Una volta completata la lettura del fregio non sarà difficile cogliere la doppia valenza che Klimt attribuisce alla sensualità femminile: malvagia e disgregatrice nelle figure delle Gorgoni, pacificante e consolatoria in quelle delle voci angeliche e della Poesia.

L'Inno alla Gioia e conclusioni

Nella terza parete viene figurato L'anelito alla felicità che si placa nella Poesia e che ormai tutti chiamiamo semplicemente, con gergo beethoveniano, Inno alla Gioia.

In esso emerge la contrapposizione tra Bene e Male e l'aspirazione al riscatto ideale grazie all'arte e viene presentato il tema della Poesia.

Dunque, il fregio termina con "Questo bacio a tutto il mondo" dove l'uomo, raffigurato nel Cavaliere-Artista, dopo aver affrontato il "canto delle Sirene": una sorta di viaggio nell'oscuro del proprio subconscio, potrà raggiungere la Poesia, protagonista femminile del dipinto e simbolo del raggiungimento del regno ideale.

La strada verso il sublime si è rivelata piena di tentazioni pericolose, ma il Cavaliere ne esce vittorioso e coglie finalmente il momento della liberazione, rappresentato dall'estasi amorosa.

Quindi l'eroe, ormai privo della propria corazza, visto di spalle, si abbandona al dolce abbraccio della figura femminile, vegliati entrambi dalle fronde dell'albero della vita e dai medaglioni cosmici del Sole e della Luna, sotto la protezione di una campana decorativa immateriale, simile a uno scrigno d'oro, motivo ripreso in seguito, nel celeberrimo Il Bacio degli anni 1907-1908.

La salvezza dei pochi eletti. – Dunque il significato profondo dell'opera risiede proprio in quest'ultimo abbraccio: "esso sigla", come suggerisce Elena Pontiggia, che ha ben colto nell'opera klimtiana la stessa intensità spirituale che sta alla base della immaterialità dei mosaici ravennati: «La salvezza dei pochi eletti che si lasciano trasportare nel mondo ideale dell'arte», vale a dire «un regno che non è di questo mondo».

«Come le Vergini in processione nei mosaici di Sant'Apollinare Nuovo, i Cori angelici posano su un prato di smalti; come nelle cupole dei Battisteri degli Ortodossi e degli Ariani, molli garze filamentose velano il piede dell'uomo e della donna; come nell'ultima arte bizantina il corpo si scinde in foglie d'oro puro, in un ricamo di linee luminose, in superfici abbaglianti. La volumetria è il luogo del male, esprime il peso della colpa, mentre nell'Empireo tutto è levità, soffio sacro, volo e velo di luce».

Complessivamente si avverte la dominante tendenza all'astrazione attraverso la semplificazione formale, caricando l'intero ciclo di un effetto evanescente estremamente raffinato. A tale effetto contribuisce il particolare uso dell'intonaco volto a isolare gli elementi in modo giustapposto e non sincronico al fine di scandire con ampi spazi vuoti, gli spazi pieni occupati dalle figure.

Per la generazione di Klimt, che amava l'ambizione, la libertà creativa e l'utopia, l'Arte ha un potere salvifico e da questa convinzione ha spiccato il volo verso l'opera d'arte globale.

Guida per l'ascolto della Nona Sinfonia

«Abbracciatevi, siate avvinti, uniti». L'esortazione dei versi di Schiller, consacrati da Beethoven nel suo ultimo capolavoro sinfonico, rendono sempre attuale il valore – e il bisogno – di questi suoni: diese Töne, la Nona Sinfonia.

Reca un messaggio quest'opera? Una cosa sembra comune a tutto quanto è stato scritto: attraverso i suoi quattro movimenti questa sinfonia è un grande percorso dal buio alla luce, il passaggio da uno stato di angoscia, frenesia affanno, attraverso la speranza, la dolcezza, fino ad arrivare alla gioia. Ma è ancora possibile considerarla "seriamente"? Ossia, contrariamente a ciò che riteneva Adorno, dopo Auschwitz e gli orrori del secolo scorso è ancora possibile un dialogo sincero con una musica che parla ancora il tono della *humanitas*? Oppure – considerando anche orrori ben più recenti – dobbiamo realisticamente lasciare la fratellanza universale celebrata nel Finale tra le grandi illusioni?

Emblema di ogni questione sulle possibilità espressive della musica, oltre che opera dal destino controverso, sospesa tra l'elevazione a mito della cultura europea e le pesanti critiche mosse alla costruzione del Finale, la Nona di Beethoven suscita sempre nel pubblico un'accoglienza rinnovata. In tale prospettiva, è davvero curiosa la dissonanza tra la grande devozione dei Millionen che da sempre affollano le sale da concerto quando la Nona è in programma, e una tradizione critica piuttosto consolidata che nell'ultimo movimento la vede come opera sgraziata: certamente di grande presa emotiva, ma debole dal punto di vista della perfezione formale rispetto ad altri capolavori del suo autore.

Finecorsa

VII
CUORE PESATO HUNEFER GRAZIATO

La religione dell'Antico Egitto era complessa: un insieme di credenze, riti e relazioni con il sacro che quasi nulla aveva in comune con le altre religioni fiorite nell'area del Mediterraneo. Serve forse specificare che il culto dell'Antico Egitto era politeista, ma secondo una concezione monistica (dal greco solo, unico) , dottrina che riconduce la pluralità degli esseri a un unico principio. In pratica, le tante divinità del pantheon egizio erano tutte "sfaccettature" di una singola realtà divina. Sussisteva pertanto un "Dio degli Dei", una Suprema entità che racchiudeva in sé stessa tutte le altre. Il nome di questo "tutto" era Amon quando trascendente, Ra quando luce e attività creante, Ptah quando fisicità già creata.

Uno degli aspetti più importanti della religione egizia risiedeva nei riti funebri. Credendo fermamente nella continuazione della vita nell'Oltretomba, gli egizi tenevano affinché il corpo del defunto giungesse integro all'appuntamento con il Dio Osiride. Per questo motivo il rito della mummificazione assumeva particolare valenza: simboleggiava il rito compiuto dal Dio Anubi sul cadavere di Osiride ucciso e smembrato dal fratello Seth.

Tornato in vita grazie alle pratiche magiche delle sorelle Iside e Nefti, Osiride ascese al ruolo di sovrano e giudice supremo del Regno dei morti (Duat) sostituendo dal periodo della Xll dinastia (1990-1780 a.C.) in poi la figura di Anubi, che da originario signore degli inferi ne divenne guardiano.

Dall'inizio del Nuovo Regno (1550 a.C.) fino alla metà del primo secolo a.C. in Egitto trovò largo uso il cosiddetto Libro dei Morti. Si trattava di una estesa raccolta di testi e di formule magico – religiose che dovevano servire al defunto nel suo lungo viaggio nel Duat, un cammino pieno di difficoltà e insidie che, una volta portato a compimento, avrebbe comportato la tanta agognata immortalità. La particolarità del Libro dei Morti è che tutto il formulario era scritto su rotoli di papiro in caratteri geroglifici con decorazioni e illustrazioni di notevole pregio artistico. Come tutti i manoscritti non esistevano "copie" uguali all'originale e le edizioni ritrovate presentano diversità spiccate nella selezione delle varie formule magiche e nelle decorazioni artistiche. Ad oggi gli studiosi hanno identificato oltre 190 formule magiche. In buona sostanza il Libro dei Morti aveva così il compito di infondere nel defunto la conoscenza dell'oltretomba, di proteggerlo dalle forze malefiche che lo avrebbero insidiato, di conservare eternamente l'unità delle parti del trapassato.

Il pass dell'eternità

Il passaggio fondamentale del cammino del defunto nel Duat era la cerimonia ultraterrena della psicostasia (la pesatura del cuore) che riguardava il giudizio dell'anima dell'individuo prima di essere accolto nell'aldilà.

Una delle rappresentazioni più conosciute della psicostasia è contenuta nel celebre Papiro di Hunefer.

Datato intorno al 1275 a.C. questo papiro faceva parte del Libro dei Morti del potente scriba Hunefer, vissuto a Tebe durante la XIX dinastia. Era uno scriba al servizio del faraone Seti, dunque uomo potente e molto rispettato. Il Papiro di Hunefer, esposto nel 2010 al British Museum di Londra è meraviglioso nei suoi oltre cinque metri di lunghezza. I colori sono brillanti e le illustrazioni molto chiare e ben definite. In una delle prime scene (che non compaiono nell'immagine che propongo) si nota il sarcofago che conserva il corpo dello scriba con accanto una stele sulla

Papiro Hunefer, British Museum, Londra

quale è inciso il nome del defunto e una preghiera al Dio Osiride.

Di seguito, l'anima del defunto accede alla "stanza delle due verità" dove avviene la cerimonia della pesatura del cuore atta a stabilire la purezza o meno del cuore dello scriba. Anubi, il Dio dalla testa di canide, Dio della mummificazione e dei cimiteri, protettore delle necropoli e del mondo dei morti accompagna Hunefer alla pesatura del cuore, tenendolo per mano. Anubi pone il cuore del morto su un piatto della bilancia mentre sull'altro notiamo una piuma, rappresentazione della Dea Maat, la verità, l'equilibrio, l'ordine e l'armonia (a lei dedico a fondo pagina una scheda apposita).

Questa divinità femminile, figlia del Dio Sole Ra, talvolta sposa del Dio Thot, era raffigurata nell'arte come una giovane donna con una piuma sul capo. Nella mummificazione del defunto, l'unico organo interno che non veniva asportato era il cuore, proprio perché nella psicostasia il peso del cuore, sede dell'anima, non doveva superare quello della piuma di Maat. Se il cuore risultava uguale o più leggero della piuma, significava che il trapassato aveva condotto una esistenza virtuosa e nel segno della giustizia.

Tornando al nostro papiro notiamo infatti nei pressi della bilancia due altre figure importanti. Thot, dalla testa di ibis, Dio della luna, della sapienza e della scrittura, della magia e della misura del tempo, della matematica e della geometria, che prende nota della pesatura. La bestia Ammit, fusione di un coccodrillo nella testa e di un leone e di un ippopotamo nel corpo, che guarda verso Thot in attesa del suo cenno.

Qualora il cuore del defunto pesasse di più della piuma di Maat, verrebbe dato in pasto ad Ammit, la divoratrice, condannando l'anima di Hunefer all'oblio eterno.

Ma il cuore dello scriba è puro e Horus dalla testa di falco, figlio di Osiride e di Iside e Dio patrono del cielo, conduce Hunefer al cospetto del padre Osiride , Dio della morte e della vita, che è seduto in trono. Alle sue spalle Iside sua sposa e sorella, Dea delle madri e dei bambini e Nefti , sorella sua e di Iside, Dea protettrice delle mummie, dei lamenti funebri e delle ore notturne. Hunefer ha superato la prova ed è pronto ad accedere all'Aarau, il Paradiso degli antichi egizi.

Maât era la regola e la regola era Maât

Nessun concetto poteva significarne tanti alla pari di Maât. Essa era l'ordine, la saggezza, la ritualità, la rettitudine, la giustizia, la morale, l'armonia universale. Era il cubito dell'artigiano, secondo il quale ogni cosa veniva misurata esattamente. Era la custode della Legge Divina, verità perfetta e sapienza assoluta.

Dire e fare Maât, porre la regola nel suo cuore per governare con armonia: questo e solo questo era il compito principale del Sovrano, espressione terrena della divinità. Ispirandosi alla regola di Maât, il Re interveniva negli affari giuridici, proteggeva il debole dal più forte. È in virtù del suo legame con Maât che l'istituzione faraonica fu il più durevole dei regimi politici e attraversò i secoli. È per questo che il faraone non poteva essere un tiranno: la sua

Maât (Giustizia) antico concetto egizio dell'equilibrio, armonia, ordine, legge e moralità

volontà doveva essere solo Maât, al di fuori di essa c'era il caos.

Maât era figlia del dio solare Ra e sorella di Thot, dio della sapienza. Con lui sedeva sulla prua della nave di Ra, impugnando lo scettro e l'Ankh e portando la piuma bianca della verità. A Maât prestava giuramento il Faraone, al momento dell'investitura, e nella sala di Maât (la Sala della Giustizia), al termine della vita terrena, avveniva la pesatura del cuore con la piuma della giustizia.

Tutelare l'ordine, la saggezza, la ritualità, la rettitudine, la giustizia, la morale, l'armonia universale. Maât è il fondamento della religione egizia, è l'ordine universale, una legge pubblica e privata, che va tenuta in grande conto perché nel giudizio dei morti si veniva giudicati proprio su quella legge e sulla corretta applicazione di 42 norme di vita. Esse non avevano una funzione punitiva, ma erano considerate un modo per vivere bene e rispettare gli altri.

I 42 comandamenti di Maât

1) Non uccidere e non permettere che nessuno lo faccia.

2) Non tradire la persona che ami o il tuo coniuge.

3) Non vivere nella collera.

4) Non spargere terrore nelle persone.

5) Non assalire e non provocare dolore al prossimo.

6) Non sfruttare il prossimo e non praticare la schiavitù.

7) Non fare danni che possano provocare dolore all'uomo o agli animali.

8) Non causare spargimento di lacrime.

9) Rispetta il prossimo.

10) Non rubare ciò che non ti appartiene.

11) Non mangiare più cibo di quanto te ne spetti.

12) Non danneggiare la Natura.

13) Non privare nessuno di quello che ama.

14) Non dire falsa testimonianza.

15) Non mentire per far del male ad altri.
16) Non imporre le tue idee agli altri.
17) Non agire per fare del male agli altri.
18) Non parlare dei fatti altrui.
19) Non ascoltare di nascosto fatti altrui.
20) Non ignorare la Verità e la Giustizia.
21) Non giudicare male gli altri senza conoscerli.
22) Rispetta tutti i luoghi sacri.
23) Rispetta e aiuta chi soffre.
24) Non arrabbiarti senza valide ragioni.
25) Non ostacolare mai il flusso dell'acqua.
26) Non sprecare l'acqua per i tuoi bisogni.
27) Non inquinare la terra.
28) Non nominare il nome dei Dio invano.
29) Non disprezzare le credenze altrui.
30) Non approfittare della fede altrui per fare del male.
31) Non pregare né troppo né troppo poco gli Dei.
32) Non approfittare dei beni del vicino.
33) Rispetta i defunti.
34) Rispetta i giorni sacri anche se non credi.
35) Non rubare le offerte fatte agli Dei utilizzandole per te stesso.
36) Non disprezzare i riti sacri anche se non ti aggradano.
37) Non uccidere gli animali senza una ragione seria.
38) Non agire con insolenza.
39) Non agire con arroganza.
40) Non vantarti del tuo benessere di fronte ad altri
41) Rispetta questi principi.
42) Rispetta la legge se non contrasta con questi principi

VIII
IPAZIA LA STREGA BRUCIA

Ipazia degli illuministi, Ipazia dei pagani, Ipazia dei poeti, Ipazia delle femministe, Ipazia del libero pensiero, Ipazia del laicismo, Ipazia dei matematici, Ipazia degli astronomi, Ipazia dei neoplatonici...

Dove cercare?

Filosofia, cioè vivere alla greca

È decisamente vero che noi guardiamo il passato con gli occhi del presente. Ed è per questa ragione che Ipazia è divenuta una bandiera che a seconda delle nostre personali inclinazioni possiamo sventolare o calpestare, noncuranti della figura di lei: della sua vita, del suo pensiero, della sua opera.

Quel che bisogna fare, piuttosto, è riportare Ipazia all'alba del Medioevo. In un tempo non di buio, ma nemmeno più di luce. Un tempo grigio, come era allora sopra Alessandria di Egitto, agli inizi del quinto secolo.

La mutazione era avvenuta in un periodo veramente breve: 67 anni tra l'editto di Costantino sulla libertà di culto (nel 313) e l'anno 380, quando Teodosio dichiara il cristianesimo unica religione ufficiale dell'Impero romano. I cristiani si erano avviati a diventare, a loro volta, persecutori di nuovi martiri e la croce, fino a quel momento simbolo della passione e della morte di Cristo, trasformata in strumento di potere e di controllo.

Nell'Alessandria del V secolo, Ipazia apparteneva all'aristocrazia intellettuale della scuola di Plotino e dalla tradizione familiare aveva ereditato la successione del suo insegnamento. Una cattedra pubblica, in cui insegnava «a chiunque volesse ascoltarla il pensiero di Platone e di Aristotele e di altri filosofi», come narrano le fonti antiche.

In questo senso era anche una scienziata: la sapienza impartita nelle scuole platoniche includeva la scienza dei numeri e lo studio degli astri. Era dunque anche una matematica e un'astronoma.

Ma non certo per questo fu assassinata[1].

Oltre che una filosofa platonica Ipazia era una donna carismatica. E siamo debitori ad un suo allievo, Sinesio di Cirene, per aver rivelato nelle proprie scritture le impostazioni teoretiche di lei e l'indole personale e quella straordinaria "maternità spirituale" esercitata da Ipazia dentro la sua scuola «Madre, Sorella e Maestra fino alla morte».

In quella scuola circolava dell'altro: nelle accademie platoniche, un risvolto esoterico, che implicava la trasmissione di conoscenze "segrete" – nel senso di non accessibili ai principianti – che riguardavano il divino.

Oltre all'insegnamento pubblico, che Ipazia teneva presso il Museo, o altrove, nel centro della città, sappiamo di riunioni "private" che teneva nella sua dimora, in un quartiere residenziale fuori mano, verde di giardini.

Fu nel tragitto in carrozza tra l'uno e l'altra che venne aggredita e uccisa.

---

1. Così Silvia Ronchey descrive l'assassinio di Ipazia: «Nella primavera di sedici secoli fa, ad Alessandria d'Egitto, una donna fu assassinata. Fu aggredita per strada, spogliata nuda, trascinata nella chiesa «che prendeva il nome dal cesare imperatore», il Cesareo, come riferisce una delle fonti contemporanee ai fatti, lo storico ecclesiastico costantinopolitano Socrate Scolastico. Qui fu dilaniata con cocci aguzzi. Mentre ancora respirava le furono cavati gli occhi. Poi i resti del suo corpo smembrato vennero dati alle fiamme. A massacrarla furono fanatici cristiani, i cosiddetti parabalani, monaci-barellieri venuti dal deserto di Nitria, di fatto miliziani al servizio di Cirillo, allora potente e bellicoso vescovo della megalopoli d'Egitto fertile di grano e di intelletti, di matematica e poesia, musica, gnosi e filosofia. Il nome di quella donna era Ipazia e quel nome in greco evocava un'idea di "eminenza". Chi fosse nei lati più segreti della sua eminente personalità e cosa avesse fatto per attirare su di sé la sadica violenza collettiva maschile che la uccise, non lo sappiamo quasi più. Sappiamo meglio chi non era, e di cosa certamente era incolpevole.

La furia del vescovo Cirillo, che secondo la testimonianza delle fonti coeve fu il mandante del suo assassinio venne scatenata proprio dalla scoperta di queste riunioni. Perché tali riunioni portavano Ipazia al centro della vita non solo culturale, ma anche politica di Alessandria. Queste stringevano in un sodalizio non solo intellettuale ma anche civico le *élites* pagane della città, convertite al cristianesimo per necessità, dopo che i decreti teodosiani lo avevano proclamato religione di Stato, ma unite nondimeno dalla volontà di conservare le proprie tradizioni e convinzioni: quell'educazione ellenica che si chiamava ancora *paideia*, quel «modo di vita greco" che Sinesio definiva «il metodo più fertile ed efficace per coltivare la mente».

Alle riunioni di questa sorta di "massoneria" in cui la classe dirigente alessandrina, pagana, cristiana e forse anche ebraica, si stringeva per fare fronte al cambiamento e tutelare insieme spazi di libertà ed interessi nel trapasso dall'una all'altra egemonia di culto e di pensiero, partecipavano anche i membri della classe dirigente inviati dal governo centrale di Costantinopoli. «I capi politici venuti ad amministrare la polis erano i primi ad andare ad ascoltarla a casa sua. Perché, anche se il paganesimo era finito, il nome della filosofia sembrava ancora grande e venerabile a quanti avevano le massime cariche della città».

Anche il prefetto augustale Oreste apparteneva a quella cerchia più riservata, se non segreta, in cui Ipazia prodigava insegnamenti. Ipazia impartiva, tra le altre lezioni tipiche delle accademie platoniche, un insegnamento sommesso, particolarmente utile in quei tempi di transizione. Non era necessario tradire la propria fede o buona fede per convertirsi. L'Uno di Plotino e il Dio dei cristiani potevano identificarsi.

Le religioni non dovevano lottare tra loro perché non differivano l'una dall'altra se non in dettagli fiabeschi destinati ai più semplici. I miti degli dei dell'olimpo pagano, i dogmi o le credenze "vulgate" dell'insegnamento cristiano, tra cui quella sulla resurrezione della carne, erano destinati a chi "filosofo" non era... «Riguardo alla resurrezione di cui tanto si parla sono ben lontano dal conformarmi alle opinioni del volgo», scrive in una delle sue lettere Sinesio, allievo di Ipazia, ma anche vescovo cristiano di Tolemaide di Libia.

Ipazia non era solo maestra e direttrice di coscienza dei quadri politici. Era una politica lei stessa.

Le fonti la descrivono «eloquente e persuasiva nel parlare, ponderata e politica nell'agire, così che tutta la città aveva per lei un'autentica venerazione e le rendeva omaggio». Lo stile dei suoi discorsi era così franco da essere secondo alcuni elegantemente insolente. Era spesso la sola donna in riunioni riservate agli uomini, ma la compagnia maschile non la metteva in imbarazzo né la rendeva meno impassibile e lucida nella sua dialettica. Ipazia interveniva in senso pacificatore negli affari della città e principalmente nelle lotte religiose che la insanguinavano.

Difendeva, influenzando direttamente in questo il prefetto augustale Oreste, i diversi gruppi dai tentativi delle fasce fondamentaliste di ciascuno di sopraffare gli altri. In particolare, poco prima di venire assassinata, aveva difeso l'antica comunità ebraica di Alessandria dal devastante pogrom ordinato da Cirillo, la cui azione politica si muoveva su due linee ben precise: la lotta economica contro gli ebrei, che dominavano il trasporto del grano da Alessandria a Costantinopoli e la tendenza a «erodere e condizionare il potere dello Stato oltre ogni limite mai concesso alla sfera sacerdotale», come riportano le fonti.

La tolleranza filosofica di Ipazia solamente questo non tollerava e solamente su questo si mostrava inflessibile: l'ingerenza di qualunque chiesa sul potere laico dello Stato.

Bastò questo, con ogni probabilità, a motivare il suo assassinio, che fu a tutti gli effetti un assassinio politico.

Nulla a che fare con la scienza o l'essere donna o con gli altri vari feticci con cui la storia del pensiero o della letteratura o della poesia, sempre guidata dal demone dell'attualizzazione e dal fantasma dell'ideologia, ha via via trasformato in sedici secoli il suo volto, irrigidendolo in tratti tanto schematici quanto lontani dalla verità, sovrapponendo un intrico di definizioni a quell'unica parola che gli antichi riferivano a lei: filosofia[2].

Profilo di Ipazia nell'enciclopedia Treccani

Figlia di Teone Alessandrino, il commentatore delle matematiche, nata in Alessandria, scrisse di filosofia neoplatonica, di matematica e di astronomia: in particolare commentò Apollonio, Tolomeo e Diofanto. Ebbe corri-

2. Il rogo di Ipazia è stato da alcuni considerato il primo esempio di caccia alle streghe dell'inquisizione cristiana. In effetti il proselitismo armato di Cirillo contraddiceva in pieno la pur astratta idea di tolleranza propugnata cento anni prima dall'editto di Costantino del 313, così come la tendenza conciliatoria del cristianesimo con il paganesimo d'élite che il primo imperatore cristiano aveva appoggiato politicamente e sancito giuridicamente.

spondenza con Sinesio. Le sue opere sono andate perdute. Ipazia è celebre soprattutto per la sua tragica fine. Eletto Cirillo al patriarcato di Alessandria, gravi dissensi nacquero immediatamente fra lui e il prefetto Oreste che non volle perdonare a Cirillo l'espulsione degli Ebrei alessandrini eseguita a furore di popolo per istigazione di Cirillo stesso. la pacificazione dei due era costituito da Ipazia, della quale era nota l'amicizia per Oreste e l'influenza che ella esercitava su lui. In un giorno del marzo del 415 Ipazia. fu assalita per la strada da una folla di fanatici capeggiati dal lettore Pietro, trascinata in una chiesa e massacrata: i resti del suo cadavere fatto a pezzi furono arsi. Quale sia stata la partecipazione di Cirillo a questo misfatto non è possibile dire. Certo è che ne fu rimproverato e forse chi lo commise pensò di fare cosa a lui gradita.

IX
ARTE E FASCISMO: SANTAGATA E MAJOLI NELLA CASA DEL MUTILATO DI RAVENNA

Forse è solo per caso che l'ultimo mosaico antico di Ravenna (1213) e il suo primo mosaico moderno (1941) raccontino entrambi una storia di guerra ed esprimano un medesimo tributo di gloria per la vittoria conseguita.

In uno stringato appunto del 13 marzo 1939 Matteo Focaccia, l'architetto della Casa del Mutilato, aveva fissato i caratteri definitivi del suo progetto, con una notazione finale sul compito storico dell'arte: appunto quello di fissare i ricordi che devono sopravvivere. Quell'accenno agli «opportuni segni» ci conduce direttamente al cuore dei mosaici nella Casa del Mutilato che, come suggerisce Severo Bignami «sono stati finora la più clandestina fra le opere segrete di Ravenna. Strano destino – dice Bignami – per manufatti artistici di carattere civile destinati ad essere fruiti quotidianamente dal pubblico. Infatti, eseguiti tra il '40 e il '41, furono quasi immediatamente celati per essere protetti prima dei bombardamenti e poi dalla furia distruttiva che segue ogni cambio di regime»[1].

Iniziamo con l'appunto di Matteo Focaccia.

«In seguito alla definitiva approvazione da parte del Ministero dell'Educazione Nazionale, la scorsa settimana si sono ripresi, con fervore, i lavori di costruzione della Casa del Mutilato».

Di linee semplici ed austere e con prevalenza di larghe masse di muratura fatta coi mattoni ravennati, ingentilita da sobrie demarcazioni di marmo, il nuovo edificio vuole esprimere potenza, ordine e disciplina. E, mentre per carattere costruttivo rinnova le antiche tradizioni dell'arte muraria, si uniforma all'ordine nuovo creato dallo spirito

Giovanni Majoli mosaico della grande guerra.

Anton Giuseppe Santagata, ***Cesare varca il Rubicone***

dell'era mussoliniana. I gloriosi simboli del Littorio, appena conclusa, furono eseguiti in loco, mentre era ancora in atto la costruzione del palazzo, sotto la direzione artistica del Signorini che già da alcuni anni era docente di Mosaico alla locale Accademia.

«In questi pannelli è evidente il legame stilistico con i movimenti d'avanguardia, in particolare con il Futurismo e il Postcubismo. La tecnica è di tipo divisionista e gli autori assemblano sapientemente i colori stendendo superfici vibranti e luminose pur utilizzando quasi esclusivamente sassi, con l'aggiunta di pochissime tessere di smalto. Essi ottengono così dei Mutilati, dei Combattenti, dei Legionari e scritte latine assieme a la Vittoria del fastigio superiore scolpita nella muratura, ornano, vivificandola, la semplice facciata cui conferiscono una maggiore monumentalità i robusti, alti pilastri delimitanti il cortile d'onore che si apre sulla nuova Piazza.

Nel cortile d'onore, il quale avrà senso di sacrario inteso quale simbolo di alta spiritualità in intimo contatto con la quotidiana vita della popolazione a cui varrà di perpetuo incitamento ad elevate virtù, con opportuni segni saranno ricordati i luoghi della Guerra, consacrati dal Sacrificio e dal valore dei migliori e prediletti figli della Patria e glorificati gli eroismi più sacri al Popolo Italiano».

Cortesie e pugnali

Mi è capitato, scorrendo gli archivi dell'ANMIG di Ravenna, di posare gli occhi su di un fascicolo davvero speciale al cui interno si snoda, in modo diretto e senza peli sulla lingua, il dialogo tra i protagonisti delle decorazioni nel salone d'onore.

I personaggi sono sostanzialmente tre: i due pittori, Giovanni Majoli e Anton Giuseppe Santagata e il Presidente dell'associazione Giovanni Coliola.

Dei due artisti, che hanno vissuto vite pressoché parallele (Majoli 1893-1988: Santagata 1888-1985) vi propongo subito una serie di preziosi "autoritratti" in pittura che mi hanno affascinato, capaci come sono di trasmettere qualcosa di profondo della loro personalità e carattere.

Torniamo per un momento all'architetto Focaccia che ha già steso, con la consueta diligenza e la giusta enfasi il nuovo bando di concorso relativo alle "decorazioni murali del salone d'onore" della Casa del Mutilato. Il Presidente Coliola lo firma e provvede a spedirlo in data 9 febbraio 1940.

Questa Sezione chiede se siete disposto a presentare un Vostro bozzetto delle diverse composizioni, che, fedeli alle antiche e gloriose tradizioni ravennati, si vuole che siano eseguite in mosaico. Tali composizioni dovranno svolgere i seguenti temi:

Tre pannelli verticali: «figurazioni intese ad esaltare il valore ed il sacrificio dei nostri combattenti nella guerra 1915-1918, nella guerra d'Africa e nella guerra di Spagna, e ad esprimere l'apoteosi delle nostre armi. Detti pannelli possono anche essere divisi in due e portare così due figurazioni ciascuno».

Due pannelli nella parete di fondo:

a) pannello inferiore: «Partenza di Giulio Cesare da Ravenna per la Marcia su Roma, con significazioni dantesche riferentisi ai versi della *Divina Commedia* relativi appunto a tale evento».

b) pannello superiore: «Marcia su Roma del 28 ottobre 1922 e glorificazione del Fondatore dell'impero»[…].

L'autore prescelto avrà la commissione del cartone definitivo, previo accordo sul compenso da pattuirsi, mentre la esecuzione pratica del mosaico verrà affidata alla locale scuola di Mosaico presso l'Accademia di Belle Arti, sotto la Direzione dell'autore dei cartoni stessi.

L'elenco dei pittori invitati è ampio e variegato: si parte dagli artisti di Ravenna e, passando per la Romagna, si giunge ai celebrati Mario Sironi (il padre sella pittura murale, cuore autentico dello stile fascista) ed Anton Giuseppe Santagata (amico e stretto collaboratore di Carlo Delcroix, artista principe della influente Associazione Nazionale Mutilati).

Ed è proprio Santagata a farsi vivo per primo con una lettera piuttosto risentita a Coliola il 14 febbraio 1949, che, stranamente, tace.

Il 29 marzo Santagata riprende nuovamente carta e penna e questa volta invia i bozzetti per ciascuna delle due pareti ed espone il suo progetto decorativo. Il tono è risoluto, quanto esplicita è l'attesa di una commissione per il Giulio Cesare e il Duce.

> Caro Coliola,
>
> alla metà di febbraio ti ho scritto una lettera alla quale non hai risposto. Ora ti spedisco due bozzetti uno per ciascuna parete.
>
> Il bozzetto dei tre pannelli comprende la guerra del 1915-18, dell'Africa e della Spagna. Nel bozzetto della parete di fondo ho fatto Giulio Cesare che traversa il Rubi-

cone e lontano Ravenna come ci è stata tramandata e come in parte la conosciamo perché di quella dei tempi di Cesare non conosco documenti.

Nell'altro la Marcia del Duce a cavallo e una visione dei monumenti di Roma che hanno qualche aderenza col movimento Fascista: Torre delle Milizie, Arco di Costantino, Cupola di San Pietro, ecc.

Qualora nessuno di questi bozzetti fosse di tuo gradimento ti pregherei di ritornarmeli.

Cordialmente Tuo Santagata

Alla lettera è allegato un malizioso *postscriptum*:

Ricevo in questo momento una lettera di Bonazzi in cui mi dice che mi avresti riservato un affresco nella Casa del Mutilato di Ravenna.

Ti ringrazio molto. Però io ti avevo già spedito i bozzetti dei mosaici che ti prego di rispedirmi nel caso fossi escluso da questo concorso.

Ti dico però che il mosaico di Giulio Cesare e del Duce lo avrei fatto molto volentieri e del resto vedrai dai bozzetti che la soluzione decorativa da me scelta potrebbe dare degli ottimi risultati.

Cordialmente Tuo Santagata.

Dopo quel misterioso *postscriptum* tocca a Coliola piegare il ginocchio al potente Santagata: tra febbraio e aprile gli scambi col Prefetto, il Federale e le eminenze grigie Bonazzi e Adriano Mari, vice segretario nazionale della Associazione si fanno sempre più ravvicinati e conclusivi. Al 30 aprile è già tutto finito: Santagata e Majoli sono stati scelti quali vincitori.

Dirò allora che al contrario di Giuseppe Santagata i "padrini" di Giovanni Majoli non li conosciamo e tuttavia anch'essi senza dubbio influenti, gravitanti forse dentro quella cerchia di intellettuali a accademici che a suo tempo aveva apprezzato le avanguardie e oggi mal digeriva l'idea della creazione dall'alto di un vero e proprio "stile fascista fondato sulla razza".

Le principali lettere che stiamo commentando riguardano appunto il ravennate Giovanni Majoli, anche lui senza peli sulla lingua e in aperto conflitto col Presidente Coliola il quale addirittura invia un messaggio nottetempo a Santagata:

> Sono giunti i bozzetti del pittore Majoli. Ti confesso francamente che non mi piacciono affatto; ma, data la mia incompetenza artistica, potrei sbagliare e avrei piacere, in via riservatissima che al nostro prossimo incontro tu ni esprimessi il tuo giudizio. Se ritirni di farne parola anche col nostro Presidente per un eventuale provvedimento, te ne sarò grato.

Ancora una volta una oscura allusione in linguaggio cifrato...

Parla ora Giovanni Majoli: Venezia, 12 settembre 1941 XIX

> Egregio Colonnello Giovanni Coliola,
> Sono tornato a Ravenna lunedì scorso con le foto dei cartoni, ma non avendovi trovato ho consegnato la busta a mio fratello.
> Oggi ricevo la vostra richiesta dei bozzetti per dar corso all'esecuzione. Questa richiesta mi ha molto meravigliato perché parlate di iniziare l'esecuzione escludendo ogni mio intervento in questa faccenda. Se non erro i lavori sono stati ideati da me e nessuno può interpretare quello che io ho in testa se non sente da me i miei desideri, con la sola scorta dei bozzetti e dei cartoni non c'è barba d'uomo che possa interpretare il lavoro di un altro.
> Sarò pure io quel tale che dovrà scegliere i materiali, i colori, e dare le direttive per l'esecuzione.
> Ricordatevi che il lavoro è mio e non permetterò mai che venga eseguito con interpretazione diversa da quella che io gli voglio dare, sia come tecnica sia come collocamento.
> Mi auguro pertanto che nessuno dei tre pannelli abbia

avuto inizio. In attesa di un vostro chiarimento in proposito gradite i miei cordiali saluti.

Due giorni dopo è Coliola a rispondere, ineccepibile nella forma, padronale nella sostanza.

Bozzetti a colori dei due ultimi cartoni (guerra d'Africa e guerra di Spagna).

Egregio Sig. Pittore Prof. Giovanni Majoli

Calle Zugna, 12 Venezia (S.Elena)

Riscontro Vostra del 12 corrente per chiarire anzitutto la richiesta dei bozzetti a colori dei due ultimi cartoni, fattavi con nostra dell'11 corrente.

Vi abbiamo chiesto tali bozzetti al solo scopo di mostrarli alla locale Accademia di Belle Arti, affinché, sulla scorta di essi, possa formulare il preventivo il più esatto possibile. Nessuna esclusione quindi a priori del vostro intervento per la esecuzione del mosaico. Premesso ciò, la vostra alzata di scudi sul diritto o meno da parte nostra di interpellarvi per la esecuzione è del tutto fuori luogo.

I bozzetti li abbiamo pagati e non vi è barba d'uomo che possa contestarci ciò. Se a voi saltasse in mente di interpretare il lavoro adoperando pietre preziose per scegliere i migliori effetti artistici, noi naturalmente non potremmo tener in alcun conto i vostri desideri.

Vi preghiamo quindi di volerci cortesemente inviare i bozzetti a colori di cui abbiamo diritto e, a nostra volta, prima di prendere accordi per l'esecuzione tecnica dei mosaici, Vi interpelleremo per tempo, tenendo, per quanto possibile, i Vostri desideri nel dovuto conto.

Distinti saluti.

Majoli accusa il colpo e si risolve ad un onorevole compromesso...

Egregio Colonnello Sig. Giovanni Coliola

Chi paga un'opera d'arte la possiede materialmente. Con tutto ciò l'opera resta di chi l'ha creata ed è di questa proprietà che io intendevo parlarVi, ed è questa paternità che mi dà Diritto di portarla a termine come meglio credo.

Non servono pietre preziose a far perfetta un'opera d'arte, è l'arte che deve nobilitare la materia, sia pur essa vile.

Vi spedirò subito i bozzetti dei quali avete diritto; diritto che non ho mai sognato di contestarVi, pensavo solo che li avrei portati una volta che si fosse deciso di dar inizio al lavoro. Il preventivo si può fare benissimo e meglio coi cartoni. D'altra parte avete scritto Voi che vi occorrevano i bozzetti per iniziare il lavoro, era quindi legittimo il mio risentimento, se pensavo che mi volesse escludere dalla esecuzione.

Gradite i miei Cordiali Saluti

Giovanni Majoli.

Le lettere finiscono qui e i mosaici sono alle pareti del Salone d'Onore. Siamo ormai al 15 febbraio 1943 e finalmente il Presidente Coliola può confessare apertamente al suo artista del cuore:

I mosaici del prof. Majoli sono ormai terminati e ti confesso che non sono rimasto soddisfatto. C'è una dissonanza di stile e di colori fra i tuoi, mirabilmente eseguiti e gli altri che mi pare guastino l'armonia del salone.

Può darsi che questa mia impressione sia falsa e derivi un poco dalle armature ancora esistenti...

Ancora una volta Santagata, uomo di sicura intelligenza personale e professionale, glissa in maniera compiaciuta:

Quanto ai mosaici speriamo la tua impressione migliori quando leveranno i ponti. Io certo sono il meno indicato a muovere critiche. Ognuno ha il suo metodo di lavoro, il suo procedimento che sostiene a spada tratta. Se io fossi stato l'architetto certo avrei fatto fare il salone a un solo artista perché risultasse una maggior unità di stile, ma ci sono tanti esempi di saloni decorati da più artisti che speriamo anche quello di Ravenna non perda da una eccessiva diversità di concezione e di realizzazione

Giovanni Majoli, cartone della guerra di Spagna.

POSTSCRIPTUM E RINGRAZIAMENTO A SEVERO BIGNAMI

Anni fa ho chiesto all'amico Severo Bignami una riflessione sulle opere che decorano il salone e ancora oggi la sua pagina ne restituisce il fascino "dissonante" e tuttavia equilibrato ed irresistibile.

«Nel grande salone del primo piano vennero collocati due pannelli musivi sovrapposti, tratti da cartoni del pittore Anton Giuseppe Santagata, attivo soprattutto a Roma. Il pannello superiore raffigura Giulio Cesare a cavallo che varca il Rubicone. Il condottiero precede le sue truppe e, sullo sfondo, si intravvede una città murata e turrita con le inconfondibili caratteristiche di Ravenna, i suoi monumenti, il porto; i tratti del volto del cavaliere sono decisamente quelli di Mussolini, lo stile è quello monumentale del Novecento.

Il pannello inferiore, ora perduto, rappresentava Roma con il Duce alla testa degli squadristi marcianti tra labari e gagliardetti; questo pannello venne prima danneggiato dai partigiani, poi smontato e probabilmente demolito per far posto ad una porta di accesso al salone, trasformato in sala da ballo del Club Iride».

Questi due pannelli, di buona qualità formale e compositiva, al di là del contenuto, furono eseguiti mirabilmente da due giovani artisti, Ines Morigi e Antonio Rocchi. Il solo volto di Cesare, trasmigrato in Mussolini, venne realizzato direttamente dal direttore dei lavori, Renato Signorini. L'autore dei cartoni non seguì direttamente il divenire dell'opera al contrario dell'ideatore degli altri tre pannelli, il pittore Giovanni Majoli, docente di Decorazione Pittorica all'Accademia di Belle Arti di Vene-zia, che andò addirittura a scegliere, con Renato Signorini, i ciottoli del greto del fiume Piave: da quei ciottoli furono poi ricavate le tessere per i mosaici.

I pannelli del Majoli furono approntati da un'altra équipe di mosaicisti: Werter Focaccia, Libera Musiani e Renato Signorini il quale, già richiamato in guerra, poté usufruire di turni di servizio favorevoli che gli consentirono di dirigere l'esecuzione.

Questi riquadri, che illustrano la Grande Guerra, la guerra d'Africa e la guerra di Spagna appena conclusa, furono eseguiti in loco, mentre era ancora in atto la costruzione del palazzo, sotto la direzione artistica del Signorini che già da alcuni anni era docente di Mosaico alla locale Accademia.

In questi pannelli è evidente il legame stilistico con i movimenti d'avanguardia, in particolare con il Futurismo e il Postcubismo. La tecnica è di tipo divisionista e gli autori assemblano sapientemente i colori stendendo superfici vibranti e luminose pur utilizzando quasi esclusivamente sassi, con l'aggiunta di pochissime tessere di smalto. Essi ottengono così quell'equilibrio tra contenuto e forma, tra realismo ed astrazione, tra mestiere ed arte, tra monumentale e narrativo, regola fondamentale per l'esecuzione dell'opera musiva».

Nel libro, il verme si fa farfalla

Questo volume è stato stampato a Rende
nel mese di aprile dell'anno 2022
da Universalbook per conto della
Società Editrice «Il Ponte Vecchio»